Nosotros en la noche

Nosotros en la noche

KENT HARUF

Traducción de
Cruz Rodríguez Juiz

LITERATURA RANDOM HOUSE

Título original: *Our Souls at Night*
Primera edición: octubre de 2016

Printed in Spain – Impreso en España

ISBN: 978-84-397-3185-6
Depósito legal: B-15.462-2016

Compuesto en La Nueva Edimac, S. L.
Impreso en Limpergraf (Barberà del Vallès, Barcelona)

RH31856

Penguin
Random House
Grupo Editorial

Para Cathy

1

Y entonces llegó el día en que Addie Moore pasó a visitar a Louis Waters. Fue un atardecer de mayo justo antes de que oscureciera.

Vivían a una manzana de distancia en la calle Cedar, en la parte más antigua de la ciudad, con olmos y almezos y un arce que crecían a lo largo del bordillo y jardines verdes que se extendían desde la acera hasta las casas de dos plantas. Durante el día había hecho calor, pero al anochecer había refrescado. Addie recorrió la acera bajo los árboles y giró ante la casa de Louis.

Cuando él salió a la puerta, Addie le preguntó: ¿Puedo entrar a hablar de una cosa contigo?

Se sentaron en el salón. ¿Te traigo algo de beber? ¿Un té?

No, gracias. Puede que no me quede el tiempo suficiente para beberlo. Addie miró a su alrededor. Bonita casa.

Diane siempre tenía la casa bonita. Yo lo he intentado.

Sigue bonita. Hacía años que no entraba.

Addie miró por las ventanas al jardín lateral donde caía la noche y a la cocina donde una luz brillaba sobre la pila y las encimeras. Todo estaba limpio y ordenado. Louis la observaba. Era una mujer atractiva, a él siempre se lo había parecido. De joven había tenido el pelo moreno, pero ahora era blanco y corto. Todavía conservaba la figura, aunque algo rellenita en la cintura y las caderas.

Te preguntarás qué hago aquí, dijo ella.

Bueno, no creo que hayas venido a decirme lo bonita que está la casa.

No. Quiero proponerte algo.

¿Sí?

Sí. Tengo una propuesta.

Vale.

No es de matrimonio, dijo ella.

Tampoco se me había ocurrido.

Pero es un tema casi matrimonial. Aunque ahora no sé si podré. Estoy echándome atrás. Se rió un poco. Muy del matrimonio, ¿verdad?

¿El qué?

Lo de echarse atrás.

Puede.

Sí. Bueno, lo digo y punto.

Te escucho, dijo Louis.

Me preguntaba si querrías venir alguna vez a casa a dormir conmigo.

¿Cómo? ¿A qué te refieres?

Me refiero a que los dos estamos solos. Llevamos solos demasiado tiempo. Años. Me siento sola. Creo que quizá tú también. Me pregunto si vendrías a dormir por la noche conmigo. Y a hablar.

Él se la quedó mirando, contemplándola, curioso, cauto.

No dices nada. ¿Te he dejado sin respiración?, preguntó ella.

Supongo.

No estoy hablando de sexo.

Me lo preguntaba.

No, sexo no. No lo enfoco así. Creo que perdí el apetito sexual hace tiempo. Yo hablo de pasar la noche. De acostarse calentitos, acompañados. Meterse juntos en la cama y que te quedes toda la noche. Las noches son lo peor, ¿no crees?

Sí. Ya lo creo.

Al final termino tomando pastillas para dormir y leo hasta muy tarde y luego al día siguiente estoy grogui. No sirvo para nada.

He pasado por lo mismo.

Pero creo que si hubiera alguien conmigo en la cama podría dormir. Alguien agradable. Por la cercanía. Charlar de noche, a oscuras. Addie esperó. ¿Qué te parece?

No sé. ¿Cuándo quieres empezar?

Cuando quieras. Si es que quieres, añadió. Esta semana.

Deja que me lo piense.

De acuerdo. Pero avísame el día que vengas, si vienes. Así estaré preparada.

De acuerdo.

Espero tu respuesta.

¿Y si ronco?

Pues roncarás o aprenderás a dejar de roncar.

Él se rió. Sería una novedad.

Addie se levantó y salió y regresó a casa, y él se quedó observándola desde la puerta, una mujer de setenta años, complexión media y pelo blanco alejándose bajo los árboles iluminada a trozos por la farola de la esquina. La leche, dijo Louis. No te embales.

2

Al día siguiente Louis fue a la barbería de Main Street a cortarse el pelo, más o menos a la moda, y le preguntó al barbero si todavía afeitaban y como le dijo que sí también se afeitó. Después se fue a casa y telefoneó a Addie y le dijo: Si aún te parece bien, pasaré esta noche.

Sí, está bien. Me alegro.

Louis cenó ligero, solo un bocadillo y un vaso de leche, no quería sentirse lleno y pesado en la cama de Addie, y luego se dio una ducha caliente y larga y se frotó a conciencia. Se cortó las uñas de las manos y de los pies y ya de noche salió por la puerta trasera y enfiló el callejón cargado con una bolsa de papel con el pijama y el cepillo de dientes. El callejón estaba a oscuras y los pies arañaban la grava. Se veía una luz en la casa del otro lado y Louis distinguió a una mujer de perfil junto a la pila de la cocina. Entró en el patio trasero de Addie Moore, pasó de largo ante el garaje y el jardín y llamó a la puerta de atrás. Esperó bastante rato. Por la calle de delante pasó un coche con los faros encendidos. Louis oía a los estudiantes saludándose a bocinazos en Main Street. Entonces se encendió la luz del porche y la puerta se abrió.

¿Qué haces aquí atrás?, preguntó Addie.

Pensé que sería más difícil que me vieran.

Me da igual que te vean. Se enterarán. Alguien te verá. Ven por la entrada principal de la calle delantera. He decidido no hacer caso de lo que piense la gente. Le he prestado atención durante demasiado tiempo... toda la vida. No pienso seguir viviendo así. Por el callejón parece que estemos haciendo algo malo o vergonzoso.

He sido maestro de pueblo demasiado tiempo, dijo él. Es por eso. Pero vale. La próxima vez vendré por delante. Si hay una próxima vez.

¿Crees que no la habrá? ¿Es solo un rollo de una noche?

No lo sé. Quizá. Salvo por el sexo, claro. No sé cómo irá.

¿No tienes fe?, preguntó ella.

En ti sí. Puedo confiar en ti, ya lo veo. Pero no estoy seguro de que esté a la altura.

¿Qué estás diciendo? ¿A qué te refieres?

Al valor. A estar dispuesto a arriesgar.

Bueno, pero has venido.

Cierto. He venido.

Pues entonces será mejor que entres. No vamos a quedarnos fuera toda la noche. Aunque no tengamos motivos para avergonzarnos.

Louis cruzó el porche por detrás de ella hasta la cocina.

Tomemos una copa, propuso Addie.

Excelente idea.

¿Te gusta el vino?

Un poco.

Pero prefieres una cerveza.

Sí.

La próxima vez compraré cerveza. Si hay una próxima vez, dijo ella.

Louis no supo si era en broma o en serio. Si la hay, repitió.

¿Prefieres blanco o tinto?

Blanco, por favor.

Addie sacó una botella de la nevera y sirvió media copa para cada uno y se sentaron a la mesa de la cocina. ¿Qué llevas en la bolsa de papel?

El pijama.

O sea que como mínimo estás dispuesto a intentarlo una vez.

Sí. Exacto.

Se bebieron el vino.

¿Quieres más?

No, creo que no. ¿Me enseñas la casa?

Quieres que te enseñe las habitaciones y la distribución.

Solo quiero saber dónde estoy.

Para poder escabullirte de noche si hace falta.

Pues no, no se me había ocurrido.

Ella se levantó y él la siguió hacia el comedor y el salón. Luego Addie lo acompañó a los tres dormitorios de arriba, la habitación grande delantera con vistas a la calle era la suya. Dormíamos aquí, explicó Addie. Gene tenía el dormitorio de atrás y el otro cuarto lo usábamos como despacho.

Había un baño al fondo del pasillo y otro junto al comedor de la planta baja. La cama del dormitorio era doble y tenía una colcha de algodón fino.

¿Qué te parece?, preguntó Addie.

Es más grande de lo que imaginaba. Con más habitaciones.

Para nosotros estaba bien. Vivo aquí desde hace cuarenta y cuatro años.

Os instalasteis dos años después que Diane y yo.

Hace una eternidad.

3

Voy un momento al lavabo, dijo ella.

Mientras Addie estaba fuera Louis miró las fotografías de la cómoda y las que colgaban de las paredes. Fotos de familia con Carl el día de la boda, en la escalinata de la iglesia. Los dos en la montaña, junto a un arroyo. Un perrillo blanco y negro. Había conocido a Carl por encima, un tipo majo, bastante tranquilo, hacía veinte años vendía seguros agrarios y de otras clases por todo el condado de Holt, lo habían elegido alcalde de la ciudad dos legislaturas. Nunca llegó a conocerlo a fondo. Ahora se alegraba de no conocerlo bien. También había fotografías de su hijo. Gene no se parecía a ninguno de los dos. Era alto y flaco, muy serio. Y dos fotografías de la hija de joven.

Cuando Addie regresó, él dijo: Yo también voy al lavabo. Entró y fue al baño y se lavó escrupulosamente las manos y sacó una dosis minúscula de dentífrico y se cepilló los dientes y se quitó los zapatos y la ropa y se puso el pijama. Colocó la ropa doblada sobre los zapatos y lo dejó todo en el rincón detrás de la puerta y volvió al dormitorio. Ella se había puesto el camisón y se había metido en la cama, con la lamparilla encendida y la luz del techo apagada y la ventana entreabierta. Entraba una brisa suave y fría. Louis se quedó de pie junto a la cama. Ella apartó la sábana y la manta.

¿Vas a acostarte?

Lo estoy pensando.

Se metió en la cama, a un lado, tiró de la manta y se tumbó. Todavía no había dicho nada.

¿En qué piensas?, preguntó ella. Estás muy callado.

En lo raro que es esto. Es nuevo estar aquí. Me siento desconcertado, y algo nervioso. No sé en qué pienso. En un montón de cosas.

Es nuevo, ¿verdad? Nuevo en el buen sentido, diría yo. ¿No te parece?

Sí.

¿Qué haces antes de dormirte?

Ah, pues veo las noticias de las diez y me acuesto y leo hasta que me duermo. Pero no sé si hoy voy a poder dormir. Estoy demasiado alterado.

Voy a apagar la luz, dijo ella. Podemos hablar. Se giró y él contempló sus hombros desnudos y el pelo brillante bajo la luz.

Después se quedaron a oscuras solo con la luz tenue que se colaba de la calle. Charlaron de trivialidades, conociéndose, sobre las naderías cotidianas del pueblo, la salud de la anciana señora Ruth, la vecina de la casa de en medio, o el pavimento de la calle Birch. Después se callaron.

Al rato, él dijo: ¿Todavía estás despierta?

Sí.

Me has preguntado en qué pensaba. Una de las cosas en las que pensaba es en que me alegro de no haber conocido bien a Carl.

¿Por qué?

Ahora no estaría a gusto.

Pero yo conocía bastante a Diane.

Al cabo de una hora ella estaba dormida y respiraba tranquilamente. Él seguía despierto. Había estado observándola. Le veía la cara en la penumbra. No se habían tocado ni una sola vez. A las tres de la madrugada se levantó y fue al lavabo y regresó y cerró la ventana. Se había levantado viento.

Louis se despertó al amanecer y se vistió en el lavabo y volvió a mirar a Addie Moore en la cama. Ahora estaba despierta. Hasta la vista, dijo él.

¿Sí?

Sí.

Louis salió y volvió por la acera dejando atrás las casas vecinas y entró y se preparó un café y unos huevos con tostadas y salió y trabajó un par de horas en el jardín y regresó a la cocina y almorzó temprano y durmió profundamente durante un par de horas hasta la tarde.

4

Esa tarde al despertarse estaba enfermo. Se levantó y bebió un poco de agua y se notó febril. Lo pensó un momento y luego decidió telefonearla. Por teléfono le dijo: Acabo de despertarme de la siesta y no me encuentro bien, me duele el estómago y también la espalda. Lo siento. Esta noche no puedo ir.

Está bien, dijo ella, y colgó.

Él llamó al médico y concertó una cita para la mañana siguiente. Se acostó temprano y se pasó la noche sudando y en vela y por la mañana no tenía apetito y a las diez fue al médico y lo mandaron al hospital a hacerse análisis de sangre y orina. Esperó en el vestíbulo hasta que el laboratorio le entregó los resultados y luego lo ingresaron con una infección del tracto urinario.

Le dieron antibióticos y durmió casi toda la tarde y volvió a pasarse la noche en vela. Por la mañana se sentía mejor y le dijeron que probablemente le darían el alta al día siguiente. Desayunó y almorzó y durmió un poco y al despertar, hacia las tres, se la encontró sentada junto a la cama. La miró.

No era broma, dijo Addie.

¿Creías que bromeaba?

Creía que no era verdad que estabas enfermo. Que habías decidido que no querías pasar la noche conmigo.

He pensado que imaginarías algo así.

Creí que no iba a pasar.

Ayer estuve todo el día pensando en ti, y anoche y hoy.

¿Y qué pensabas?

Que malinterpretarías mi llamada. Y cómo podría explicarte que todavía quiero ir por la noche y pasarla contigo. En que hacía mucho tiempo que nada me interesaba tanto.

Y entonces ¿por qué no me has llamado? Para contármelo.

Me pareció que sería peor, que todavía parecería más que me lo estaba inventando todo.

Ojalá lo hubieras intentado.

Debería. ¿Cómo te has enterado de que estaba en el hospital?

Esta mañana estaba hablando con Ruth y me ha preguntado si me había enterado. ¿De qué? Louis está en el hospital. ¿Qué le pasa? Por lo visto tiene una infección. Y entonces lo he entendido.

No voy a mentirte, dijo él.

Está bien. No nos mentiremos. Entonces ¿volverás a venir?

En cuanto me recupere y me haya curado. Me alegro de verte, dijo él.

Gracias. Se te ve pachucho.

No me ha dado tiempo de acicalarme.

Addie se rió. No importa, dijo. No era por eso. Era solo un comentario, una observación.

Bueno, pues a ti te veo estupenda.

¿Has llamado a tu hija?

Le he dicho que no se preocupe. Que me darán el alta mañana y que no ha sido nada. No hace falta que pida permiso en el trabajo. No necesito que venga a verme. Vive en Colorado Springs.

Lo sé.

Es maestra, como yo. Louis se calló. ¿Te apetece beber algo? Puedo avisar a la enfermera.

No. Me voy a casa.

Te llamo cuando vuelva a casa y me encuentre bien.

Bien. Ya he comprado cerveza.

Ella se marchó y él la vio salir de la habitación y se tumbó a esperar de nuevo al sueño, pero le sirvieron la cena y vio las noticias mientras comía y después apagó la tele y miró por la ventana y contempló caer la noche sobre la vasta llanura al oeste de la ciudad.

5

La tarde siguiente le dieron el alta. Pero debía de haber estado más enfermo de lo que creía, y le llevó casi una semana entera recuperarse, sentirse con fuerzas para telefonear y preguntarle si le parecería bien que la visitara esa noche.

¿Todavía estabas enfermo?

Sí. No sé por qué he tardado tanto en recuperarme.

Louis se duchó y se afeitó y se puso loción para el afeitado y al anochecer cogió la bolsa de papel con el pijama y el cepillo dental y salió por delante de las casas de los vecinos y llamó a la puerta.

Addie acudió enseguida. Bueno. Tienes mejor aspecto. Pasa.

Se había peinado el pelo hacia atrás y estaba guapa.

Se sentaron en la cocina como la otra vez y bebieron y conversaron. Luego ella dijo: Ya estoy lista, ¿y tú?

También.

Addie llevó los vasos a la pila y él la siguió escaleras arriba. Louis fue al baño y se puso el pijama y dejó la ropa doblada en el rincón. Ella estaba en la cama en camisón cuando Louis entró en el dormitorio. Addie apartó la ropa y él se tumbó.

La otra noche no dejaste aquí el pijama. Es otra razón por la que creía que no volverías.

Pensé que podría parecerte presuntuoso. Como si lo diera por sentado. Casi no habíamos hablado.

Bueno, pues a partir de ahora puedes dejar aquí el pijama y el cepillo.

Me ahorraré las bolsas de papel.

Sí. Exacto. ¿Tienes pensado hablar de algo en particular? Nada urgente. Solo por empezar a hablar.

Sobre todo tengo montones de preguntas.

Yo también tengo algunas, admitió ella. Pero ¿cuáles son las tuyas?

Me preguntaba por qué me has elegido a mí. En realidad no nos conocemos tanto.

¿Crees que elegiría a cualquiera? ¿Que solo busco a alguien que me dé calor por la noche? ¿Un viejo cualquiera con quien charlar?

No pensaba eso. Pero no sé por qué me has elegido.

¿Lo lamentas?

No. Para nada. Es solo curiosidad. Me lo preguntaba.

Porque creo que eres un buen hombre. Un hombre amable.

Espero que sí.

A mí me lo pareces. Y siempre había pensado que me caerías bien y podría hablar contigo. ¿Tú qué pensabas de mí, si es que pensabas algo?

He pensado en ti.

¿En qué sentido?

Me parecías atractiva. Alguien con enjundia. Con personalidad.

¿Y por qué?

Por cómo vives. Por cómo te has manejado después de morir Carl. Lo pasaste mal. Es eso. Yo sé cómo lo pasé cuando se murió mi mujer y me di cuenta de que tú lo llevabas mejor. Me causó admiración.

Pues nunca te acercaste ni me dijiste nada.

No quería entrometerme.

No lo habrías hecho. Me sentía muy sola.

Lo imaginaba. Pero, aun así, no hice nada.

¿Qué más quieres saber?

De dónde eres. Dónde te criaste. Cómo eras de niña. Cómo eran tus padres. Si tienes hermanos. Cómo conociste a Carl.

Qué tal es la relación con tu hijo. Por qué te mudaste a Holt. Quiénes son tus amigos. En qué crees. A qué partido votas.

Lo vamos a pasar de miedo conversando, ¿eh? Yo también quiero saberlo todo de ti.

No nos precipitemos.

No, mejor vayamos poco a poco.

Ella se giró y apagó la lamparilla y él volvió a contemplar el brillo de su pelo bajo la luz y sus hombros desnudos, y luego, a oscuras, ella le cogió la mano y le deseó buenas noches y se durmió enseguida. A él le sorprendió lo rápido que Addie conciliaba el sueño.

6

Al día siguiente Louis trabajó en el jardín por la mañana y cortó el césped y almorzó y echó una siesta corta y luego fue a la panadería y se tomó un café con un grupo de hombres con los que quedaba cada quince días. Uno de ellos no le caía demasiado bien. El hombre dijo: Ojalá tuviera tu energía.

¿Y eso?

Para pasarme la noche en danza y tener suficiente energía para funcionar al día siguiente.

Louis se lo quedó mirando.

¿Sabes?, dijo, tengo entendido que cualquier historia está a salvo contigo. Por una oreja te entra y por la boca te sale. No querría tener fama de mentiroso y embustero en una ciudad tan pequeña como la nuestra. La reputación me seguiría a todas partes.

El hombre miró fijamente a Louis. Este miró al resto de los hombres de la mesa. Los otros miraban a cualquier parte menos a él. El hombre se levantó y salió de la panadería a la calle Main.

Creo que no ha pagado el café, dijo uno de los hombres.

Ya lo pago yo, dijo Louis. Hasta la vista, chicos. Se dirigió al mostrador y pagó el café del otro y el suyo y salió y giró hacia la calle Cedar.

En casa, salió al jardín y estuvo una hora pasando la azada, con fuerza, casi con violencia, y luego entró y frió una hamburguesa y se bebió un vaso de leche y después se duchó y se afeitó. Al anochecer regresó a casa de Addie.

Durante el día Addie había limpiado la casa a fondo y había cambiado las sábanas de la cama de arriba y se había bañado y había comido un bocadillo. Al atardecer, se sentó en el salón en silencio, quieta, a pensar, esperando a que Louis llamara a su puerta cuando oscureciera.

Por fin Louis llegó y ella lo invitó a entrar. Addie notó algo diferente. ¿Qué ocurre?, preguntó.

Te lo cuento enseguida. ¿Me das algo de beber primero?

Claro.

Pasaron a la cocina y Addie le ofreció un botellín de cerveza y se sirvió una copa de vino. Se quedó mirándolo, a la espera.

Ya no somos un secreto, dijo él. Si es que lo hemos sido alguna vez.

¿Cómo lo sabes? ¿Qué ha pasado?

¿Conoces a Dorlan Becker?

Tenía la tienda de ropa de hombre.

Sí. La vendió y se quedó en la ciudad. Todo el mundo creía que se marcharía. Esto no parecía gustarle. Pasa los inviernos en Arizona.

¿Y eso qué tiene que ver con que hayan descubierto nuestro secreto?

Es del grupo con el que quedo un par de veces al mes en la pastelería. Hoy quería saber de dónde saco tanta energía. Para pasar la noche fuera y luego afrontar la rutina diaria.

¿Qué has respondido?

Le he dicho que estaba ganándose reputación de cotilla y mentiroso. Me he cabreado. No he sabido reaccionar. Todavía estoy enfadado.

Se nota.

Debería haberlo dejado correr y haberle quitado hierro a la situación. Pero no quería que pensaran mal de ti.

Déjalo, Louis. Sabíamos desde el principio que la gente se enteraría. Ya lo hablamos.

Sí, pero no pensé. No estaba preparado. No quería que se inventaran una historia sobre nosotros. Sobre ti.

Te lo agradezco. Pero no pueden hacerme daño. Voy a disfrutar de las noches que pasemos juntos. Mientras duren.

Él la miró. ¿Por qué lo dices así? Hablas como yo el otro día. ¿Crees que no durarán? ¿Una buena temporada?

Espero que sí, dijo ella. Te dije que no quería seguir viviendo así, pendiente de los demás, de lo que piensen, de lo que crean. No es forma de vivir. Al menos para mí.

Muy bien. Ojalá tuviera tu cordura. Tienes razón, por supuesto.

¿Ya se te ha pasado?

Estoy en ello.

¿Quieres otra cerveza?

No. Pero si te apetece más vino, me quedaré aquí mientras te lo bebes. Observándote.

8

Crecí en Lincoln, Nebraska, dijo ella. Vivíamos en las afueras, al nordeste de la ciudad. En una bonita casa de madera de dos plantas. Mi padre era empresario y le iba bien y mi madre era una buena ama de casa y cocinera. Era un vecindario de clase media o trabajadora. Tenía una hermana. No congeniábamos. Mi hermana era más activa y más sociable, de una naturaleza gregaria que no era la mía. Yo era callada, me gustaba leer. Después del instituto fui a la universidad, pero vivía en casa y cogía el autobús al centro para asistir a clase. Empecé estudiando francés, pero cambié a magisterio.

Luego conocí a Carl en segundo curso y comenzamos a salir y para cuando cumplí veinte años estaba preñada.

¿Te asustaste?

No por el bebé. No. No por tener un hijo. Pero no sabía cómo nos las apañaríamos. A Carl todavía le faltaba un año y medio para licenciarse. En Nochebuena vino a casa de mis padres —Carl vivía en Omaha— y después de cenar se lo contamos juntos, sentados todos en el salón. Mi madre se echó a llorar. Mi padre se enfadó. Pensaba que tenías más cabeza. Se quedó mirando a Carl. ¿Y a ti qué te ocurre? A Carl no le ocurre nada, respondí. Son cosas que pasan. Pues no pasan solas. Ha sido él. Esto es cosa de dos, papá. Por Dios, contestó mi padre.

Nos casamos en enero y nos mudamos a un pisito oscuro del centro de Lincoln y conseguí un empleo temporal en un centro comercial y esperamos. El bebé nació una noche de mayo. No dejaron entrar a Carl. Luego nos llevamos al bebé a casa y fuimos felices y muy pobres.

¿Tus padres no os ayudaron?

No mucho. Carl no quiso su ayuda. Bueno, ni yo.

Hablas de tu hija. No creía que fuese tan mayor.

Sí, Connie.

La recuerdo muy vagamente. Sé cómo murió.

Sí. Addie se calló y se movió en la cama. Hablaré de eso en otra ocasión. Ahora solo te diré que cuando Carl se graduó los dos quisimos venir a Colorado. Una vez habíamos ido de vacaciones al parque Estes y nos habían gustado las montañas, y necesitábamos salir de Lincoln y alejarnos de todo. Comenzar en un sitio nuevo. Carl consiguió trabajo vendiendo seguros en Longmont, donde vivimos un par de años, luego el viejo señor Gorland de aquí, de Holt, decidió jubilarse, así que pedimos dinero y nos mudamos y Carl heredó su oficina y sus clientes. Y vivimos aquí desde entonces. Eso fue en 1970.

¿Cómo es que te quedaste embarazada?

¿Qué quieres decir? ¿Cómo se queda una embarazada?

Bueno, recuerdo que por entonces íbamos todos con mucho cuidado y muchos nervios.

Pero también éramos jóvenes. Carl y yo estábamos enamorados. La historia de siempre. Todo era nuevo y emocionante.

Seguro que sí.

Addie le soltó la mano y se apartó y se tumbó recta en la cama. Él se giró y la contempló en la penumbra.

¿A qué viene esto?, preguntó Addie. ¿Qué pasa?

No lo sé.

¿Preguntas por las circunstancias?

Supongo.

¿Del sexo?

Estoy más estúpido de lo normal. Es que siento celos y no sé por qué.

Fue en el campo, en un camino de tierra, a oscuras en el asiento trasero. ¿Eso querías saber?

Te agradecería que me llamaras cabrón hijo puta, dijo Louis. No hay palabras para alguien tan imbécil.

Está bien. Eres un hijo de puta.

Gracias.

De nada. Pero eres capaz de estropearlo todo. Lo sabes. ¿Algo más?

¿Tus padres lo superaron?

Resultó que Carl les cayó bien. Mi madre lo consideraba un morenazo. Y mi padre veía que era trabajador y que cuidaría de nosotras. Y lo hizo, cómo no. Pasamos épocas difíciles. Pero superados los primeros siete u ocho años no tuvimos problemas económicos. Carl fue un buen sostén familiar.

Y en algún momento tuvisteis un niño para completar la parejita.

Gene. Connie tenía seis años.

9

Addie metió el coche por el callejón de detrás de la casa de su vecina Ruth, se apeó y se dirigió a la puerta de atrás. La anciana estaba esperando, sentada en una silla en el porche. Tenía ochenta y dos años. Al llegar Addie se incorporó y las dos mujeres bajaron despacio los escalones, con Ruth asida del brazo de Addie, y se acercaron al coche y Addie la ayudó a entrar y esperó a que acomodara las piernas, flacas, y los pies y luego le puso el cinturón de seguridad y cerró la portezuela. Fueron al colmado de la carretera al sudeste de la ciudad. Había pocos coches en el aparcamiento, era media mañana de un día de verano con poca clientela. Entraron y Ruth se agarró al carrito y avanzaron lentamente por los pasillos, mirando, tomándose su tiempo. No quería ni necesitaba gran cosa, solo algunas latas o cartones de comida, y una barra de pan y una bolsa de chocolatinas Hersey. ¿No compras nada?, preguntó.

No, respondió Addie. Ya compré el otro día. Solo un poco de leche.

No debería comer chocolate, pero ya qué más da. Voy a empezar a comer lo que me venga en gana.

Metió latas de sopa y estofado en el carrito y paquetes de comida preparada y un par de cajas de cereales y una botella de leche y algunos botes de mermelada.

¿Ya estás?

Creo que sí.

¿No quieres algo de fruta?

No quiero fruta fresca. Se me estropeará. Se dirigieron a la fruta enlatada y Ruth cogió dos botes de melocotones en almíbar y unas latas de peras, y después un paquete de galletas de avena con pasas. En la caja, la dependienta miró a la anciana y preguntó: ¿Lo tiene todo, señora Joyce? ¿Ha encontrado todo lo que quería?

Me falta un buen hombre. No he visto ninguno en la estantería. No, no había ningún buen hombre.

¿No lo ha encontrado? Bueno, a veces están más cerca de casa de lo que cree. Lanzó una mirada fugaz a Addie, de pie junto a la anciana.

¿Cuánto es?, preguntó Ruth.

La cajera se lo dijo.

Tiene una mancha en la blusa, dijo Ruth. No está limpia. No debería venir a trabajar así.

La cajera se miró. No veo nada.

Ahí.

Ruth sacó el dinero del viejo monedero de cuero suave y poco a poco lo contó en la palma de la mano y depositó los billetes y las monedas por orden en el mostrador.

Luego salieron hacia el coche y Addie guardó la compra en el asiento trasero y entraron.

Ruth miraba al frente, a la carretera, por donde circulaban coches y camiones de ganado y grano. A veces detesto este lugar, dijo. A veces desearía haberme largado cuando pude. Paletos de ciudad provinciana y mente estrecha.

Te refieres a la cajera.

A ella, sí, y a los que son como ella.

¿La conoces?

Es una Cox. Su madre era igual. Se creía que lo sabía todo de todos. Tenía una lengua como la de su hija. Me dan ganas de darle un bofetón.

O sea que sabes lo de Louis, dijo Addie.

Madrugo a diario. No puedo dormir. Y me siento en la sala de delante a ver salir el sol por encima de las casas de enfrente. Veo a Louis volver a su casa por la mañana.

Sabía que alguien lo vería. Da igual.

Espero que lo paséis bien.

Es un buen hombre. ¿No te parece?

Creo que sí. Pero todavía no se sabe. Aunque siempre me ha tratado con amabilidad. Me corta el césped y en invierno me limpia la nieve del camino. Empezó a hacerlo antes de morir Diane. Pero tampoco es un santo. También ha causado dolor. Te lo digo yo. Su mujer también te lo diría.

No será necesario, dijo Addie.

De todos modos, fue hace mucho, dijo Ruth. Hace años. Diría que su mujer lo superó. La gente lo hace.

10

Addie dijo: Háblame de la otra mujer.

¿A quién te refieres?

A la mujer con la que tuviste una aventura.

¿Estás al corriente?

Lo sabe todo el mundo.

Estaba casada, dijo Louis. Tamara. Se llamaba Tamara. Se llama, si es que aún vive. Su marido era enfermero, trabajaba de noche en el hospital de la ciudad. Por entonces no era habitual encontrarse enfermeros. La gente no sabía cómo tomárselo. Tenían una niña de unos cuatro años, un año mayor que Holly. Un niñita rubia, dura. Su padre, el marido de Tamara, era un tiarrón fuerte y rubio. Un buen tipo, en realidad. Quería escribir cuentos. Supongo que escribiría alguno de noche en el hospital. Ya habían tenido problemas antes y Tamara había tenido una aventura en Ohio. Era maestra de instituto, como yo. Yo solo llevaba dos años aquí cuando la contrataron.

¿Qué enseñaba?

También daba clases de inglés. A los de primero y segundo. Lo básico.

Tú enseñabas en los cursos superiores.

Sí, llevaba más tiempo en el instituto. Bueno, pues Tamara era infeliz en casa y a Diane y a mí tampoco nos iba muy bien.

¿Por qué no?

Sobre todo por mí. Pero también por los dos. No hablábamos. Nos enzarzábamos en una pelea o una discusión y se echaba a llorar y se iba de la habitación sin terminar lo que estuviéramos hablando o discutiendo. Eso empeoraba la situación.

Entonces uno de los dos hizo algún movimiento, algún gesto, en el instituto, sugirió Addie.

Sí. Me tocó el brazo con la mano estando solos en la sala de descanso de los profesores. ¿Vas a decirme algo?, me preguntó. ¿Tipo?, le dije. Tipo si me apetece salir a tomar una copa o similar. No lo sé, le respondí. ¿Quieres que lo haga? ¿Tú qué crees? Fue en abril, a mediados de mes. Estaba haciendo la declaración de la renta y el día quince, después de cenar, salí a llevarla a la oficina de correos para entregarla a tiempo y pasé por delante de casa de Tamara y la vi sentada a la mesa del comedor corrigiendo trabajos, así que aparqué y me acerqué al porche y salió a abrirme. Ya iba en albornoz. ¿Estás sola?, le pregunté.

Con Pamela, pero ya se ha acostado. ¿Por qué no pasas?

Así que entré.

¿Y así empezó?

Sí, por los impuestos. Parece de locos, ya lo sé.

No sé. Estas cosas pasan de cualquier modo.

Sabes del tema.

Sé que estas cosas pasan.

¿Me lo contarás?

Puede. Algún día. ¿Qué hiciste?

Dejé a Diane y a Holly y me mudé con Tamara. Su marido se marchó a casa de un amigo. Y bueno, estuvo bien durante un par de semanas. Era preciosa, dura y salvaje, con una melena larga y castaña y unos ojos marrones que en la cama parecían los de un animal, y tenía la piel deliciosa, de satén. Era bastante delgada.

Sigues enamorado de ella.

No. Pero creo que estoy un poco enamorado de su recuerdo. Por supuesto, acabó mal. Una noche se presentó su marido mientras estábamos cenando en la cocina. Tamara, su niñita y yo. Nos sentamos a hablar con el marido como si fuéramos muy modernos y sofisticados y personas que rompían su matrimonio y seguían adelante como si fueran libres. Pero yo no pude. Me daba asco a mí mismo. Con su marido allí, a la mesa, y su niña pequeña y ella. Me levanté y me fui con el coche al campo, las estrellas brillaban y las luces de las granjas y los jardines se veían azules en la oscuridad. Todo parecía normal, salvo que ya nada era normal, todo parecía al borde de un precipicio, y de madrugada regresé. Tamara estaba en la cama leyendo. No puedo, le dije.

¿Te marchas?

Tengo que irme. Vamos a hacer daño a mucha gente. Ya lo hemos hecho. Intento ser un padre para tu hija mientras la mía va a crecer sin mí. Tengo que volver por ella, aunque solo sea por eso.

¿Cuándo te vas?

Este fin de semana.

Entonces ven a la cama. Nos quedan dos noches.

Recuerdo esas noches. Cómo fueron.

No me lo cuentes. No quiero saberlo.

No. No te lo contaré. Cuando me marché lloré. Ella también.

¿Y luego?

Volví con Diane y Holly y me instalé en casa, vivía en la planta baja, dormía en el sofá. Diane se lo tomó con bastante serenidad. Nunca se mostró vengativa ni desagradable ni mezquina. Se dio cuenta de que me sentía fatal. Y no creo que quisiera perderme, ni a mí ni la vida que teníamos juntos.

Después, en verano, vino un viejo amigo de la universidad de Chicago y nos fuimos a pescar y lo llevé al White Forest, por encima de Glenwood Springs, pero no le gustó, no estaba acostumbrado a las montañas. Cuando lo llevé a un arroyo por un sendero empinado le dio miedo perderse. Pescamos unas piezas magníficas, pero dio lo mismo. Regresamos a Holt y Diane salió a recibirme a la puerta. Holly estaba durmiendo, haciendo la siesta de la tarde, y fuimos directos a la cama, nos dio por ahí, quizá fue lo más oportuno, aprovechar la necesidad sin pensar, mientras mi amigo esperaba abajo para cenar. Y ya está.

¿No volviste a verla?

No. Pero regresó a Holt. Se había mudado a Texas a final de curso y había encontrado trabajo allí. Luego regresó a Holt y me llamó. Contestó Diane. Es para ti, me dijo. ¿Quién es? No me respondió, solo me pasó el teléfono.

Era ella. Tamara.

Estoy en la ciudad. ¿Querrás verme?

No puedo. No. No puedo.

¿No volverás a verme?

No puedo.

Diane estaba en la cocina, escuchando. Pero no fue por eso. Me había decidido. Tenía que quedarme con mi mujer y mi hija.

¿Y luego?

Tamara volvió a Texas y empezó a dar clases. Y Diane dejó que me quedara.

¿Ahora dónde está?

No sé dónde está. Nunca volvió con su marido. Encima eso. No me gusta pensar en mi parte de responsabilidad. Tamara era del este. De Massachusetts. Puede que haya regresado a Massachusetts.

¿No volvisteis a hablar?

No.

Sigo pensando que estás enamorado de ella.

No estoy enamorado de ella.

Pues lo parece.

No la traté bien.

No.

Me arrepiento.

¿Y Diane?

No dijo gran cosa. Al principio estaba herida y enfadada. Más que luego… me refiero a que lloraba más. Estoy seguro de que se sintió rechazada y maltratada. Y con razón. Y nuestra hija lo copió de su madre y probablemente explique en parte su opinión de los hombres, incluido yo. Tiene la impresión de que debe ser de un modo determinado o la abandonarán. Pero lamento más el daño que le hice a Tamara que a mi mujer. Me traicioné a mí mismo, o algo así. No estuve a la altura para dejar de ser un vulgar profesor de lengua de secundaria en una polvorienta ciudad de provincias.

Pues siempre te he tenido por un buen profesor. Es lo que opina la gente. Para Gene fuiste un buen maestro.

Bueno tal vez. Pero no estupendo. Lo sé.

11

Dijiste que te acordabas, dijo Addie.

Algo. Fue en verano, ¿no?

El diecisiete de agosto. Un día veraniego, cálido y luminoso.

Estaban jugando en el jardín delantero. Connie tenía la manguera abierta con uno de esos aspersores antiguos, de los que expulsan un cono de agua, para poder atravesarlo corriendo. Ella y Gene. Gene por entonces tenía cinco años. Ella once, todavía era lo bastante pequeña para jugar con él. Iban en bañador y correteaban por el chorro de agua y lo saltaban chillando, y Connie agarraba de la mano a su hermano y tiraba de él sentado en el carrito y lo levantaba por encima del agua. Estuve mirándolos, luego Gene desenroscó el aspersor y la persiguió por el jardín mojándola, gritaban y reían, y volví a la cocina a vigilar la comida, estaba preparando sopa, entonces oí un chirrido de neumáticos y un grito atroz. Salí corriendo a la puerta, un hombre se había bajado del coche y Gene lloraba, aullaba, con la vista en la calle delante del coche. Eché a correr. Connie estaba tirada en la calle en bañador, sangraba por la boca y las orejas y el tajo de la frente, con los pulmones desgarrados debajo y los brazos abiertos en ángulos imposibles. Gene no paraba de gritar y llorar, nunca había oído un sonido más desesperado.

El hombre que conducía el coche —ya no vive aquí— repetía sin cesar: Ay, Dios. Ay, Dios. Ay, Dios. Ay, Dios.

No tienes que decir nada más, dijo Louis. No tienes que contármelo. Ya me acuerdo.

No. Voy a terminar. Alguien llamó a la ambulancia. Nunca supe quién. Llegaron y la cargaron en una camilla y subí con ella. Gene seguía llorando, le dije que me acompañara. No querían, pero les dije: A la mierda, viene conmigo. Vamos.

Connie tenía un tajo espantoso en la cabeza, hinchado y negro, y no paraban de sangrarle las orejas y la boca. Me dieron toallas para que fuera limpiándola. Me apoyé la cabeza sanguinolenta en el regazo y arrancamos, con el horrible zumbido de la sirena, y en el hospital la metieron por la entrada de atrás desde el aparcamiento. La enfermera me indicó: Ahí, por aquí, pero no me parece lugar adecuado para un niño tan pequeño. Mandaré que lo acompañen a la sala de espera. Gene se echó a llorar otra vez y la recepcionista se lo llevó y pasamos a urgencias. La acostaron y vino el médico. Aún estaba viva. Pero inconsciente. Tenía los ojos cerrados y le costaba respirar. Se había roto un brazo y varias costillas. Todavía no sabían qué más. Les pedí que llamaran a Carl al trabajo.

Me quedé con ella. Al cabo de un rato Carl se fue a casa con Gene, a cuidar de él, y yo pasé la noche con Connie. Hacia las cuatro de la madrugada se despertó unos minutos y se quedó mirándome. Yo lloraba y ella me miraba, no habló, luego respiró un par de veces y ya está. Se fue. La abracé y la acuné y lloré sin parar. Vino la enfermera. Le pedí que avisara a Carl.

El resto del día lo recuerdo confuso. Dispusimos el entierro y por la tarde fuimos a la funeraria. Después de que la embalsamaran dejamos que Gene pasara a verla. No la tocó. Estaba demasiado asustado.

No veo por qué no había de estarlo.

Ya. La maquillaron mucho para tapar los moratones y le cerraron el corte de la frente y le pusieron el vestido azul. A los dos días la enterramos, es decir, enterramos el cadáver en el cementerio. A veces tengo la impresión de que aún puedo hablar con ella. Con su espíritu. O su alma, si prefieres. Pero la veo bien. Una vez me dijo: Estoy bien. No te preocupes. Y quiero creerlo así.

Por supuesto, dijo Louis.

Carl quería que nos mudáramos de casa, pero me negué: no quise irme de aquí. Fue justo delante de esta casa. Connie murió aquí, dije. Este lugar es sagrado. Así que no nos mudamos. Quizá deberíamos haberlo hecho por el bien de Gene.

No lo superó.

Ninguno de nosotros lo superó. Pero fue Gene quien la empujó a salir corriendo a la calle delante del coche. Solo era un niño pequeño que perseguía a su hermana con la manguera. Después tu mujer vino varias veces a ver cómo estaba. Fue muy considerada. Lo agradecí. Se lo agradecí. La mayoría de la gente estaba demasiado incómoda para hablar.

Debería haberla acompañado.

Habría estado bien.

Pecados de omisión, dijo Louis.

No crees en los pecados.

Creo que, como he dicho antes, a veces nos falta personalidad. Es un pecado.

Bueno, ahora estás aquí.

Estoy donde quiero estar.

12

No vendré durante unos días, dijo Louis.

¿Por qué no?

Holly viene el fin de semana del Día de los Caídos. Creo que quiere echarme una bronca.

¿A qué te refieres?

Me da que se ha enterado de lo nuestro. Querrá que me comporte.

¿Y tú qué opinas?

¿De comportarme? Que ya me comporto. Hago lo que quiero y no hago daño a nadie. Y confío en que para ti también sea bueno.

Lo es.

Tendré que escucharla. Pero no cambiará nada. Voy a hacerle el mismo caso que me hace ella acerca de los hombres con los que sale. No para de conocer a tipos que necesitan ayuda. Se apoyan en ella. Holly los cuida más o menos durante un año y luego se aburre o algo lo estropea y pasa una temporada sola. Después encuentra a otro que cuidar. Ahora está esperando al siguiente.

¿Me llamarás cuando puedas volver?

13

Al día siguiente Holly condujo desde Colorado Springs hasta Holt y Louis salió a recibirla a la puerta y la besó. Cenaron en la mesa de pícnic del jardín trasero. Y después lavaron los platos juntos y se sentaron en el salón con una copa de vino.

Estoy pensando en irme un par de semanas a Italia en verano, dijo ella. A Florencia, para un curso de grabado.

Ve. Tiene buena pinta.

Ya he comprado el billete. Y me han aceptado en el taller de grabado.

Bien hecho. ¿Necesitas que te ayude a pagarlo?

No, papá. Estoy bien. Se quedó mirándolo. Pero me preocupas.

¿Sí? ¿Y eso?

Sí. ¿Qué haces con Addie Moore?

Pasarlo bien.

¿Qué diría mamá?

No lo sé, pero creo que lo entendería. Era mucho más indulgente y comprensiva de lo que pensaba la gente. En muchos sentidos tu madre era sabia. Tenía una visión más amplia de las cosas que el resto.

Pero no está bien, papá. Ni siquiera sabía que te gustase Addie Moore. Ni que la conocieras bien.

Tienes razón. No la conocía. Pero por eso mismo lo pasamos bien. Se agradece conocer a alguien a estas edades. Y descubrir que te gusta y que, al fin y al cabo, no estabas acabado.

Resulta embarazoso.

¿Para quién? Para mí no.

Pero la gente está al corriente.

Pues claro. Y me importa un carajo. ¿Quién te lo ha contado? Habrá sido alguna de tus amistades, son unas reprimidas.

Linda Rogers.

Cómo no.

Bueno, pensó que debía saberlo.

Y ahora ya lo sabes. Y quieres que lo deje, ¿verdad? ¿Para qué? La gente seguiría sabiendo que hemos estado juntos.

Pero no sería igual. No te lo echarían en cara a diario.

Te preocupa demasiado la gente.

Alguien tiene que preocuparse.

Yo ya no. Algo he aprendido.

¿De ella?

Sí. De ella.

Pues nunca la he tenido por una progre ni una libertina.

No es una libertina. No seas ignorante.

¿Qué, entonces?

Se trata de decidir ser libre. Incluso a nuestra edad.

Te comportas como un adolescente.

Jamás me comporté así de adolescente. Nunca me atreví a nada. Hice lo que debía. Y tú también lo has hecho demasiado, si me permites que te lo diga. Ojalá encontraras a alguien con iniciativa. Alguien que se fuera contigo a Italia y se despertara el sábado por la mañana y te llevara a las montañas y os nevara y volvierais a casa con todo eso dentro.

Detesto que me hables así. Déjame en paz, papá. Es mi vida.

Lo mismo digo. ¿Pactamos? La paz.

Sigo opinando que deberías pensarlo mejor.

Lo he pensado y me gusta.

Joder, papá.

Al día siguiente telefonearon a Holly. Se lo contó a su padre.

Era Julie Newcomb. Igual que Linda Rogers, tenía que contarme lo tuyo. Le he dicho que ya lo sabía. También le he dicho: Pero me alegro de que hayas llamado. El otro día pensaba en ti. Estaba en un restaurante y pedí cordero. Hizo que me preguntara si tu marido todavía se folla a las ovejas. Vete a la mierda, zorra, me ha dicho, te he hecho un favor. Y luego ha colgado.

Has reaccionado muy rápido.

Bueno, nunca he podido con ella. Pero sigue siendo embarazoso.

En fin, tesoro, es tu problema, no el mío. Ya te lo he dicho, a mí no me da vergüenza. Y a Addie Moore tampoco.

14

Al final terminé admirando ciertas cualidades suyas, dijo Louis.
Era buena persona, con las cosas muy claras. No hacía lo que
los demás esperaban de ella. Al principio fuimos bastante pobres durante unos años, pero nunca quiso hacer carrera. Tenía
sus propias ideas. Quería mantener la independencia. Aunque
no sé si eso la hizo feliz. Ahora la gente dice que la vida es un
viaje, así que podría decirse que es lo que hizo ella. Aquí tenía
varias amigas. Se reunían en casa de una y charlaban de la vida
y de lo que querían las mujeres. Hablaba de nosotros, seguro.
Por entonces cobraba fuerza la liberación de la mujer. Pero
nosotros teníamos otros problemas. Y, como poco, me parecía curioso que yo me quedara en casa cuidando de Holly por
la noche mientras su madre estaba en otra casa quejándose de
mí a sus amigas. Me parecía irónico. Y pasó lo de Tamara.

Creía que me habías dicho que te perdonó, dijo Addie.

Creo que me perdonó. Creo que quería que volviera con
ella. Pero seguro que salió a relucir en las charlas con las amigas. Me di cuenta de que me miraban distinto. Pero quería a
su hija. Desde el principio. Estaban muy unidas. Diane empezó a confiarle cosas desde muy pequeña. A mí no me parecía
bien que le hablara así, que se lo contara todo. Pero lo hizo de
todas maneras. Siguió absorbiendo a Holly.

No me has contado cómo os conocisteis.

Oh. Bueno, nos conocimos como Carl y tú. Nos conocimos en la universidad, en Fort Collins. Nos casamos después
de graduarnos. Era una joven preciosa. No sabíamos nada de

fundar un hogar ni de llevar una casa. Diane no había cocinado ni se había ocupado de la casa, lo hacía todo su madre. Y yo me crié aquí, en Holt.

Sí, lo sé.

Durante el par de años después de la universidad di clases en una pequeña escuela de Front Range y cuando quedó una vacante en el instituto me contrataron y volví a casa, y aquí sigo desde entonces. Desde hace cuarenta y siete años. Tuvimos a Holly y, como te decía, Diane no quiso trabajar cuando podría haberlo hecho porque Holly empezó a ir a la escuela.

En realidad, yo tampoco hice carrera.

Trabajabas. Lo sé.

Pero no he hecho carrera como tú. Fui secretaria y recepcionista en la correduría de Carl un año o así, pero nos atacaba los nervios pasar todo el día juntos en el trabajo y las noches en casa. Eran demasiadas horas juntos, de modo que trabajé una temporada en el banco y luego en el Ayuntamiento, de recepcionista. Seguro que ya lo sabes. Fue el trabajo más largo que he tenido. Me enteraba de toda clase de cosas. Lo que hacía la gente. Los follones en los que se metía. Era aburrido y tedioso, salvo por las anécdotas de las que te enterabas.

Bueno, pues de todos modos Diane se mantuvo firme, dijo Louis. A pesar de todo. Ya te digo que ahora lo sé valorar. Entonces no. Pero cuando nos casamos, con veintipocos, no sabíamos nada. Todo se reducía al instinto y los modelos con los que habíamos crecido.

15

Una noche de junio Louis dijo: Hoy he tenido una idea. ¿Te la cuento?

Claro.

Bueno, ya te conté lo de Dorlan Becker en la panadería hablando de nosotros y que las amigas de secundaria de Holly la llaman por teléfono.

Sí, y yo te conté cuando fui al colmado con Ruth y lo que nos dijo la dependienta. Y lo que respondió Ruth.

Bueno, pues la idea es la siguiente. Hacer de la necesidad virtud. Vayamos al centro a plena luz del día y almorcemos en el Holt Café, demos un paseo por la calle Main con calma, disfrutemos.

¿Cuándo quieres ir?

Este sábado a mediodía cuando el café esté a reventar.

Vale. Estaré lista.

Pasaré a buscarte.

Hasta puede que me ponga algo chillón y llamativo.

Esa es la idea, convino Louis. A lo mejor me pongo una camisa roja.

El sábado Louis se presentó en casa de Addie poco antes de mediodía y ella salió con un vestido amarillo con la espalda descubierta y él llevaba una camisa de vaquero de manga corta roja y verde, y caminaron juntos desde Cedar a Main y pasearon por la acera cuatro manzanas y luego pasaron por delante de las tiendas de ese lado de la calle, el banco y la zapatería y la joyería y los almacenes, y dejaron atrás las falsas fachadas de época. Se plantaron en la esquina de Second con Main a pleno sol a esperar que cambiara el semáforo y miraron a la cara a las personas con las que se cruzaron y las saludaron y Addie se cogió del brazo de Louis y cruzaron juntos la calle hasta el Holt Café, donde él le abrió la puerta y le cedió el paso. Conocían a la mitad de la clientela, al menos de nombre.

Vino la chica y preguntó: ¿Mesa para dos?

Sí, respondió Louis. Nos gustaría una de esas mesas del centro.

La siguieron a la mesa y Louis apartó la silla para Addie y luego se sentó a su lado, no enfrente, sino pegado a ella. La chica tomó nota y Louis cogió la mano de Addie encima de la mesa y miró alrededor. Llegó la comida y empezaron a comer.

De momento no parece demasiado revolucionario, dijo Louis.

No. La gente se comporta en público. Nadie quiere montar un escándalo. Y creo que, de todos modos, estamos exagerando. Tienen otras cosas en la cabeza aparte de nosotros.

Antes de que terminaran de comer, tres mujeres se habían acercado individualmente a la mesa a saludar y se habían marchado.

La última dijo: Ya me habían contado lo vuestro.

¿Qué te habían contado?, preguntó Addie.

Ah, pues que os veíais. Ojalá pudiera hacer lo mismo.

¿Por qué no puedes?

No conozco a nadie. Y de todos modos me daría miedo.

Te sorprenderías.

Ay, no. No podría. A mi edad.

Comieron despacio y pidieron postre, sin prisas. Después se levantaron y salieron de nuevo a la calle Main y esta vez pasaron por la otra acera y pasaron por delante de las tiendas y la gente los miraba desde dentro por las puertas abiertas, abiertas a la más mínima brisa, y recorrieron las tres manzanas que los separaban de Cedar.

Addie dijo: ¿Quieres pasar?

No. Pero vendré esta noche.

16

Addie Moore tenía un nieto llamado Jamie que estaba a punto de cumplir seis años. A principios de verano los problemas entre sus padres habían empeorado. Discutían acaloradamente en la cocina y el dormitorio, se lanzaban acusaciones y recriminaciones, ella lloraba y él gritaba. Al final probaron a separarse un tiempo y ella se marchó a California con una amiga y dejó a Jamie con el padre. Este llamó a Addie y le contó lo sucedido, que su mujer había dejado el trabajo de peluquera y se había ido a la Costa Oeste.

¿Qué ocurre?, preguntó Addie. ¿Qué pasa?

No nos soportamos. No encontramos el punto medio en nada.

¿Cuándo se ha marchado?

Hace dos días. No sé qué hacer.

¿Y Jamie?

Por eso llamo. ¿Podría ir a vivir contigo una temporada?

¿Cuándo piensa regresar Beverly?

No sé si regresará.

No irá a abandonar a su hijo, ¿no?

No lo sé, mamá, no sé lo que hará. Y hay otra cosa que no te he contado. Solo tengo hasta final de mes. Tengo que cerrar la tienda.

¿Por qué? ¿Qué ha pasado?

Es la economía, mamá, no soy yo. Ahora nadie quiere comprar muebles nuevos. Necesito que me ayudes.

¿Cuándo quieres traerlo?

Este fin de semana. Hasta entonces me las apaño solo.

Está bien. Pero ya sabes lo difícil que es esto para los críos.

¿Qué otra cosa puedo hacer?

Esa noche, cuando Louis fue a su casa, Addie le contó las novedades.

Supongo que lo nuestro se ha acabado, dijo él.

Bueno, no veo por qué, replicó Addie. Espera a que pase aquí un par de días, luego ven a conocerlo de día y después vuelves por la noche. Al menos podemos probar qué tal. De todas formas, necesitaré que me ayudes. Si quieres.

Hace mucho tiempo que no trato con niños, dijo Louis.

Ni yo.

¿Qué les pasa a sus padres? ¿Qué problema tienen?

Él es demasiado controlador, demasiado protector, y ella se ha hartado. Está enfadada y quiere hacer las cosas a su modo. Nada nuevo. Gene, por supuesto, no lo explica así.

Deduzco que parte de sus problemas tiene que ver con lo que le pasó a su hermana.

Seguro que sí. De Beverly, no sé. Nunca hemos intimado. No creo que quiera intimar conmigo. Y hay algo más. Mi hijo va a perder la tienda. Se le ocurrió vender mobiliario sin pintar, que la gente comprara barato y se lo pintara a su gusto. Nunca me pareció buena idea. Quizá tenga que declararse en bancarrota. Me lo ha contado esta mañana. Tendré que mantenerlo hasta que encuentre otra cosa. Ya le he ayudado antes. He aceptado volver a hacerlo.

¿Qué quiere hacer?

Siempre se ha dedicado a las ventas.

Pues, por lo que recuerdo, no le pega mucho.

No. No es un vendedor nato. Creo que está asustado. Aunque no lo admita.

Pero podría ser una oportunidad. Para cambiar. Como ha hecho su madre. Como tú.

No cambiará. Tiene la vida montada. Ahora necesita ayuda, y seguro que eso le revienta. Tiene mal carácter y le sale en estas ocasiones. Nunca ha aprendido a tratar al público y no le gusta pedirme nada.

El sábado por la mañana Gene llevó al niño a casa de Addie y se quedó a almorzar y dejó la maleta y los juguetes y lo abrazó y Jamie lloró cuando su padre regresó al coche. Addie lo rodeó con los brazos cuando intentó zafarse y lo agarró y lo dejó llorar y, en cuanto el coche se marchó, lo convenció para que entrara en casa. Consiguió que se distrajera mezclando la masa de las magdalenas y rellenando los moldes y horneándolas. Después las glasearon y el niño se comió una magdalena con un vaso de leche.

Tengo un vecino al que quiero llevarle un par de magdalenas. ¿Eliges dos y me acompañas a su casa?

¿Dónde vive?

En la siguiente manzana.

¿Cuáles elijo?

Las que quieras.

Eligió dos de las que tenían menos glaseado y Addie las metió en una fiambrera de plástico y enfilaron la manzana y llamaron a la puerta de Louis. Cuando salió a recibirlos, Addie dijo: Te presento a mi nieto, Jamie Moore. Te traemos una cosa.

¿Queréis pasar?

Solo un minuto.

Se sentaron en el porche y contemplaron la calle, las casas silenciosas del otro lado, los árboles, los coches que pasaban muy de vez en cuando. Louis le preguntó a Jamie por el colegio, pero el niño se negó a hablar y al rato Addie se lo llevó de vuelta a casa. Preparó la cena mientras él jugaba con el móvil y luego lo subió a la planta alta y le dijo: Este es el cuarto de pequeño de tu padre. Le ayudó a desvestirse y el niño fue al lavabo y se cepilló los dientes. Regresó y se acostó y Addie le leyó un rato y apagó la luz. Le dio un beso y le dijo: Si necesitas cualquier cosa estoy al otro lado del pasillo.

¿Dejarás la luz encendida?

Encenderé la lamparita.

Y deja la puerta abierta, abuela.

Estarás bien, tesoro. Estoy aquí mismo.

Addie fue a su dormitorio y se cambió y volvió a ver al niño. Seguía despierto, con la vista clavada en la puerta.

¿Estás bien?

Estaba jugando con el teléfono otra vez.

Creo que deberías apagar eso y dormir.

Un minuto.

No. Ahora. Se acercó a la cama y cogió el teléfono y lo dejó en el tocador. Ahora a dormir, tesoro. Cierra los ojos. Addie se sentó en el borde de la cama y le acarició la frente y la mejilla, se quedó sentada un buen rato.

Por la noche se despertó cuando el niño entró en su cuarto. Estaba llorando y se acostó con ella y Addie lo abrazó y al final el niño se durmió. Por la mañana seguía con ella en la enorme cama.

Addie le dio un beso. Voy al baño. Enseguida vuelvo. Cuando volvió el niño estaba de pie en el pasillo, ante la puerta. No tengas miedo, tesoro. No me voy a ningún sitio. No voy a dejarte. Estoy aquí.

17

La segunda noche fue como la primera. Cenaron y Addie sacó una baraja y le enseñó un juego en la mesa de la cocina y luego subieron al dormitorio, donde el niño se preparó para acostarse y ella se sentó en la silla a su lado y le quitó el teléfono y le leyó durante una hora y le dio un beso, dejó la luz encendida y la puerta abierta y fue a su cuarto y leyó. Se levantó una vez a mirar al niño y lo encontró dormido con el teléfono aún en el tocador. De noche Jamie regresó llorando a la habitación a oscuras y se acostó con ella y por la mañana todavía dormía cuando Addie se despertó. Desayunaron abajo y salieron. Addie le enseñó el jardín señalándole los parterres y los nombres de los árboles y los arbustos y lo acompañó al garaje donde guardaba el coche y le mostró la mesa de trabajo donde Carl solía reparar cosas y las herramientas que colgaban del tablero de la pared. A él no le interesó demasiado.

Luego Louis pasó a visitarlos.

Me preguntaba si querrías venir a casa con tu abuela, dijo. Quiero enseñarte una cosa.

En el jardín trasero había un nido de ratones recién nacidos que Louis había descubierto por la mañana en el rincón del cobertizo. Las crías eran rosadas y ciegas, se retorcían y se contorsionaban y gemían flojito. El niño se asustó un poco.

No te harán daño, dijo Louis. No podrían matar ni a una mosca. Son solo bebés. Todavía los amamanta. Aún no los ha destetado. ¿Sabes lo que significa?

No.

Significa cuando deja de darles leche y tienen que aprender a comer otras cosas.

¿Y qué comen entonces?

Semillas y trozos de comida que encuentra la madre. Podemos observarlos cada día para ver cómo cambian. Ahora será mejor que volvamos a bajar la tapa para que no se enfríen ni tengan miedo. Ya han tenido suficientes emociones por hoy.

Se alejaron del cobertizo y Addie dijo: ¿Necesitas que te echemos una mano con el jardín?

Siempre se agradece la ayuda.

Quizá Jamie podría colaborar.

Bueno, preguntémosle. ¿Te apetece ayudarme un poco?

¿Haciendo qué?

Arrancando hierbas y regando.

¿Te parece bien, abuela?

Sí. Quédate con Louis y cuando terminéis venís a casa y comemos todos juntos.

El niño nunca había arrancado malas hierbas. Louis tuvo que señalar lo que quería en cada hilera y lo que no. Le dedicaron unos minutos pero al niño no le interesó, y al rato Louis sacó la manguera y abrió un poco la boquilla y le enseñó a regar las plantas —las zanahorias y la remolacha y los rábanos— cerca de la base sin desenterrar las raíces. Eso le gustó más. Después cerraron el agua y se encaminaron a casa de Addie. Se lavaron en el aseo que había junto al comedor. La mesa estaba servida y se sentaron a comer sándwiches con patatas fritas y a beber limonada.

¿Ahora puedo jugar con el teléfono?

Sí, luego echaremos una siesta.

El niño subió a su cuarto y cogió el teléfono y se tumbó en la cama.

Será mejor que no venga esta noche, dijo Louis.

Casi mejor. Quizá mañana. Esta mañana ha ido bien, ¿no te parece?

Yo diría que sí. Pero no sé lo que le pasa por la cabeza a un niño pequeño. No puede resultarle fácil estar lejos de casa.

Ya veremos qué tal mañana.

Por la noche, después de aguantar un rato desvelado, Jamie bajó de la cama a por el teléfono y telefoneó a su madre a California. Su madre no contestó. El niño dejó un mensaje. ¿Dónde estás, mamá? ¿Cuándo vuelves? Llámame, mamá.

Colgó y llamó a su padre. Gene contestó cuando el niño ya estaba dejando un mensaje.

¿Eres tú, Jamie?

¿Cuándo vendrás a buscarme, papá?

¿Por qué? ¿Qué pasa?

Quiero estar contigo.

Tendrás que quedarte una temporada con la abuela. Yo salgo a diario. Ya lo hablamos.

Quiero volver a casa.

Ahora no puede ser. Más adelante, cuando empiece el colegio.

Falta mucho.

Será cada vez más fácil. ¿No te diviertes? ¿Qué has hecho hoy?

Nada.

¿No has hecho nada?

Hemos visto unos bebés de ratón.

¿Dónde?

En casa de Louis.

Louis Waters. ¿Habéis ido a su casa?

En el cobertizo. Eran bebés. Todavía no habían abierto los ojos.

No los toques.

No los he tocado.

¿Has ido con la abuela?

Sí. Luego hemos almorzado.

Pues suena estupendo.

Pero quiero estar contigo.

Lo sé. Esto no durará mucho tiempo.

Mamá no me ha cogido el teléfono.

¿La has llamado?

Sí.

¿Cuándo?

Ahora mismo.

Es tarde. Estará durmiendo.

Pero tú has contestado.

Pero también dormía. Me he despertado al oír el teléfono.

A lo mejor mamá había salido con alguien.

Tal vez. Ahora apaga el teléfono y vuelve a la cama. Hablaremos pronto.

Mañana.

Sí, mañana. Buenas noches.

Colgó y devolvió el teléfono al tocador, donde lo había dejado Addie. Pero entrada la noche se despertó, asustado, y se echó a llorar y fue al cuarto de la abuela.

18

Volvió a dormir parte de la noche con Addie. Por la mañana desayunaron y luego el niño se pasó por casa de Louis y llamó a la puerta.

Otra vez por aquí, dijo Louis. ¿Y tu abuela?

Me ha dado permiso para venir a verte. Me ha dicho que te invite a comer a casa.

Vale. ¿Qué quieres hacer?

¿Puedo ver a los ratones?

Espera a que recoja los platos y me ponga el sombrero. Tú también necesitas sombrero. Hace demasiado sol para llevar la cabeza descubierta. ¿No tienes una gorra?

Me la he dejado en casa.

Pues habrá que buscarte una.

Se dirigieron al cobertizo del jardín trasero y Louis levantó la tapa de la caja y la madre se escabulló por un lado y los bebés rosados se encaramaron unos sobre otros y gimotearon. El niño se inclinó y los miró.

¿Puedo tocar uno?

Todavía no, son demasiado pequeños. Dentro de una semana más o menos.

Observaron un rato a los ratones. Uno de ellos trepó al borde de la caja y levantó la cara ciega.

¿Qué hace?

No lo sé. Puede que esté olfateando. Todavía no ve nada. Será mejor que vuelva a taparlos.

¿Puedo verlos mañana?

Sí, pero no vengas sin mí.

Volvieron a trabajar en el jardín, arrancando hierbajos y regando la remolacha y los tomates. A mediodía fueron a casa de Addie a almorzar. Cuando el niño subió a jugar con el teléfono Addie dijo: Creo que esta noche ya puedes venir.

¿No es demasiado pronto?

No, le caes bien.

No dice gran cosa.

Pero hay que ver cómo te mira. Busca tu aprobación.

Creo que está pasando un momento muy difícil.

Sí. Pero tú le ayudas. Te lo agradezco.

Estoy disfrutando.

Entonces ¿vienes esta noche?

Probaremos.

De modo que por la noche Louis fue a casa de Addie, que salió a recibirlo a la puerta. Está arriba, dijo Addie. Le he dicho que vendrías.

¿Cómo se lo ha tomado?

Ha preguntado cuándo. Y ha preguntado por qué venías.

Louis se rió.

Me habría gustado escucharlo. ¿Qué le has respondido?

Le he dicho que somos buenos amigos y que a veces nos reunimos por la noche y nos tumbamos a charlar.

Bueno, no has mentido, dijo Louis.

En la cocina, Louis se bebió su botellín de cerveza, Addie su copa de vino y luego subieron juntos al cuarto del crío. Estaba jugando con el teléfono y Addie lo dejó en el tocador y le leyó mientras Louis esperaba sentado en la silla. Después salieron dejando la luz encendida y la puerta abierta y fueron al dormitorio de Addie. Louis se cambió en el lavabo y se metió en la cama. Charlaron un rato y se cogieron de la mano y se durmieron. Los gritos del niño los despertaron en plena noche y corrieron a su cuarto. Estaba sudado y lloroso, con la mirada desorbitada.

¿Qué te pasa, tesoro? ¿Has tenido una pesadilla?

El niño no paraba de llorar y Louis lo cogió en brazos y lo llevó al otro cuarto y lo dejó en el centro de la enorme cama.

No pasa nada, hijo, dijo Louis. Estamos los dos contigo. Puedes dormir con nosotros un rato. Entre los dos. Miró a Addie. Formaremos un grupo, contigo en el centro.

El niño se metió en la cama. Addie salió de la habitación.

¿Adónde va la abuela?

Ahora vuelve. Ha ido al lavabo.

Addie volvió y se tumbó al otro lado. Voy a apagar la luz, dijo. Pero estamos todos juntos.

Louis cogió la mano del niño y no la soltó y los tres yacieron a oscuras.

Qué gusto de oscuridad, dijo Louis. Es buena y acogedora, no tienes por qué preocuparte ni tenerle miedo. Se puso a cantar muy flojo. Tenía una buena voz de tenor. Cantó «Someone's in the Kitchen with Dinah» y «Down in the Valley». El niño se relajó y se durmió.

Addie dijo: Nunca te había oído cantar.

Solía cantarle a Holly.

A mí nunca me has cantado.

No quería espantarte. Ni alejarte de mí.

Ha sido bonito, dijo ella. A veces eres adorable.

Supongo que tendremos que pasar así la noche, separados.

Te mandaré buenos deseos.

Que no sean muy picantes, o no podré dormir.

Nunca se sabe.

19

Hubo una tarde de verano en que Louis llevó a Addie, Jamie y Ruth al Shattuck's Café de la autopista a comer hamburguesas. La anciana vecina se sentó delante con Louis, Addie y el niño fueron detrás. La chica tomó el pedido y volvió con las bebidas y las servilletas y las hamburguesas y comieron en el coche. La autopista quedaba a su espalda y no disfrutaban de una gran vista, solo veían el patio trasero de una casita gris al otro lado del aparcamiento. Cuando terminaron Louis dijo:

Será mejor que pidamos unos refrescos con helado para llevar.

¿Adónde nos llevas?, preguntó Ruth.

Se me había ocurrido ir a ver un partido de softball.

Ah, hace treinta años que no veo uno, dijo ella.

Pues ya toca, replicó Louis.

Pidió cuatro refrescos y puso rumbo al estadio de detrás del instituto y aparcó bajo los focos altos y brillantes con el morro del coche apuntando a la base desde la valla del jardín.

Jamie y yo iremos a ver un rato de partido desde tribuna.

Pues me paso adelante con Ruth, dijo Addie. Así charlamos y vemos el partido.

Louis y el niño cogieron los refrescos y pasaron por delante de los otros coches y a lo largo de la valla metálica y treparon por las gradas de madera de detrás de la base. La gente saludaba a Louis y le preguntaba por el niño. Es el nieto de Addie Moore, respondía. Estamos conociéndonos. Se sentaron detrás de unos estudiantes de secundaria. Las mujeres se enfrentaban al equipo de la ciudad vecina y vestían camisetas rojas y pantalones cortos de color blanco. Destacaban en el césped verde bajo los potentes focos. Tenían los brazos y las piernas bronceados. El equipo local iba cuatro carreras por delante. El niño no parecía saber nada del juego y por tanto Louis le explicó lo que pensó que podría entender.

¿Nunca juegas a la pelota?, preguntó Louis.

No.

¿No tienes guante?

No lo sé.

¿Sabes lo que es un guante de softball?

No.

¿Ves lo que tienen esas chicas en la mano? Eso es un guante de softball.

Vieron un rato el partido. Las locales marcaron tres carreras más, la gente de las gradas gritaba y jaleaba, Louis llamó a una de las jugadoras y la chica miró a tribuna y lo vio y lo saludó.

¿Quién es?

Una de mis antiguas alumnas. Dee Roberts, una chica lista.

En el coche Addie y Ruth habían bajado las ventanillas. ¿Tienes que pasar por el colmado?, preguntó Addie.

No. No necesito nada.

Ya me dirás.

Siempre lo hago.

Me temo que no.

Es solo que ya no como tanto. Pero no tengo hambre, así que no importa.

Vieron el partido y Addie tocó el claxon cada vez que marcó el equipo local.

Sé que Louis sigue visitándote, dijo Ruth. Lo veo volver a casa por la mañana.

Hemos decidido que no pasa nada por que esté Jamie.

No. Los niños son capaces de aceptar casi todo y adaptarse, si se hace bien.

No creo que le hagamos ningún mal. No hacemos nada, si te refieres a eso.

No. No me refería a nada.

De todos modos no hacemos nada. No hemos hecho nada.

Pues espabila. No querrás ser tan vieja como yo.

Louis y Jamie bajaron y tiraron los vasos a la basura y regresaron al coche. Addie pasó atrás y volvieron a la calle Cedar. Louis ayudó a Ruth a subir los escalones de la entrada y se fue a su casa, y luego pasó por la de Addie. Jamie ya dormía en mitad de la cama grande.

Gracias por la tarde, dijo Addie.

¿Sabías que nunca ha jugado al béisbol?

No. Pero su padre nunca fue deportista.

Creo que todo niño debe tener ocasión de jugar al béisbol.

Estoy cansada, dijo ella. Me voy a la cama. Puedes contármelo en la cama, a oscuras. Estoy agotada. Demasiadas emociones para una noche.

20

Al día siguiente Louis llevó a Jamie al viejo almacén de la calle Main y le compró un guante de cuero y otro para él y otro para Addie y también tres pelotas de goma duras y un bate pequeño. En el mostrador le preguntó a Jamie qué gorra de las expuestas quería y el niño eligió una morada y negra y el hombrecillo encorvado de la caja se la ajustó por detrás y el niño se la encasquetó y los miró con expresión seria.

Te queda bien, dijo Louis.

Con la gorra no te quemarás con tanto sol, dijo el hombrecillo. Se llamaba Rudy, Louis lo conocía desde hacía años. Era un milagro que siguiera trabajando, un milagro que siguiera vivo. El otro encargado, un tipo alto llamado Bob, había muerto hacía años. Y la propietaria había vuelto a Denver después de morir su madre.

Regresaron a casa de Louis y este le enseñó a girar el guante de forma correcta para atrapar la pelota y jugaron un rato a la sombra entre la casa de Addie y la de Ruth. El niño al principio no era bueno pero poco a poco fue mejorando y luego quiso probar a darle con el bate. Al final bateó una pelota y Louis lo alabó exageradamente y batearon un poco más y volvieron a jugar a atrapar la bola y el niño siguió mejorando.

Addie salió de la casa a mirar. ¿Paráis ya? La comida está lista. ¿Qué es eso? ¿Un guante de béisbol?

Y una gorra nueva.

Ya lo veo. ¿Le has dado las gracias a Louis?

No.

Pues dáselas, ¿no?

Gracias, Louis.

De nada.

También hay un guante para ti, dijo Jamie.

Uy, si no sé jugar.

Tienes que aprender, abuela. Como yo.

Esa noche en la cama cuando Jamie se durmió entre los dos Louis dijo:

El niño necesita un perro.

¿Por qué lo dices?

Necesita algo o alguien con quien jugar aparte del teléfono y un par de viejos chochos.

Muchísimas gracias, dijo Addie.

Hablo en serio, necesita un perro. ¿Y si mañana vamos en coche a Phillips y miramos en el refugio?

No quiero un cachorro por casa. No tengo energías para un cachorro.

No, un perro adulto. Uno que ya esté amaestrado. Un perrito viejo y pequeño.

No sé. No sé si me apetece tanta molestia.

Lo dejaremos en mi casa. Que Jamie venga a jugar con él en mi casa.

¿Y tú quieres tener un perro en casa? Me sorprende.

No me importa. Hace demasiado que no tengo perro.

Supongo que es cosa tuya. A mí no se me habría ocurrido.

Después de desayunar se dirigieron al norte de Holt por la estrecha carretera estatal que bordeaba los campos de maíz de regadío y los trigales secos y giraron al oeste en Red Willow y pasaron junto a la escuela rural del siguiente condado y después siguieron al norte hacia el valle del río Platte y la ciudad de Phillips. El refugio estaba a las afueras. Le dijeron a la recepcionista que querían un perro adulto.

Es de lo que más tenemos, respondió. ¿Alguna raza en concreto?

No. Simplemente un perro que no esté demasiado asilvestrado ni loco ni se pase el día ladrando o gañendo.

Un perro para que juegue con el niño. Bien, a ver qué tenemos.

Se levantó con dificultades y los condujo a la parte de atrás. En cuanto abrió la puerta los perros de las jaulas y los corrales montaron un jaleo de locos con el que apenas oían lo que decían. Entraron y la mujer cerró la puerta. Había jaulas a cada lado de un pasillo central, con uno o dos perros cada una, la sala apestaba, los suelos de las jaulas eran de cemento con trozos de moqueta o alfombra para que se tumbaran los animales.

Les dejaré que vayan mirando. Si quieren probar alguno, me avisan.

¿Podemos sacarlos?

Sí, pero necesitarán una correa. Tienen una colgando de esa puerta.

Se marchó y ellos volvieron a pasar por delante de todos los corrales y miraron en el interior de cada uno. Había perros de todas las razas y colores. Al niño le asustaban los ladridos y se quedó pegado a Louis en el pasillo. Dieron la vuelta y volvieron a mirar todos los perros.

¿Ves alguno que te guste?

No sé.

¿Y esa?, propuso Addie. Era una mezcla de collie blanco y negro con algo en la pata delantera derecha, una especie de vendaje o tubo de plástico. Parece simpática, dijo Addie.

¿Qué tiene en la pata?, preguntó Jamie.

No lo sé. Lo preguntaremos. Parece una protección.

Louis metió los dedos por la malla y la perra se los olisqueó y los lamió.

Saquémosla.

Abrió la jaula, entró y le enganchó la correa al collar e impidió que se escapara el otro perro. La sacó sin problemas, fácilmente, y volvieron a la oficina.

Ya han elegido, dijo la mujer.

Quizá, dijo Louis. Queremos sacarla a ver cómo se comporta lejos de los otros perros.

Tendrán que permanecer en el aparcamiento.

Salieron y cruzaron el solar pasado el aparcamiento hasta una zona lateral de hierbajos y tierra. La perra se agachó al instante. Buena perra, dijo Louis. Se ha esperado a que saliéramos y llegáramos a la tierra. ¿Quieres coger la correa, Jamie?

Acaríciala primero, dijo Addie.

Todos se inclinaron sobre el animal y la perra se acuclilló. El niño le dio palmaditas en la cabeza y el animal lo miró.

¿Quieres probar? Me quedaré a tu lado.

¿La perra está bien? ¿Y la pata?

Le preguntaremos a la mujer. Cojea un poco al andar, pero no parece que sufra mucho.

Jamie asió la correa y la perra se levantó y caminó a su lado. Louis y el niño y la perra rodearon los coches del solar pavimentado. ¿Quieres probar tú solo?, propuso Louis. El niño y la perra dieron otra vuelta. Estaba claro que el animal le gustaba. Volvieron adentro. La perra entró cojeando, protegiéndose la pata derecha. La mujer les contó que se le había congelado en invierno porque la habían dejado fuera toda la noche atada a un patio trasero de hormigón. El veterinario había tenido que amputarle los dedos. Ahora llevaba un tuvo de plástico blanco ajustado con velcro. Dentro de casa podían quitárselo durante el día y ponérselo solo cuando salieran a la calle. La mujer les enseñó a poner y quitar el tubo.

¿Cuántos años tiene?, preguntó Louis.

Unos cinco, calculo.

Creo que probaremos a ver, dijo Louis. Si no funciona, podemos devolverla.

Bueno, nos interesa gente que lo intente de verdad, que no se rinda enseguida.

Y no lo haremos. Pero quiero estar seguro de que podemos devolverla si es necesario.

Sí, sin problema.

Louis pagó y recogieron la documentación, el carnet de vacunaciones, y salieron a por el coche. Jamie subió atrás y Louis sentó a la perra a su lado y enfilaron por la estatal de vuelta a casa. Al cabo de un rato la perra apoyó la cabeza en la pierna del niño y cerró los ojos y el niño la acarició. Addie le indicó a Louis en silencio que mirase atrás, y él ajustó el retrovisor. Los dos dormían. En Holt, Louis dejó a Addie en casa y, en la suya, ayudó al niño a prepararle una cama a la perra en la cocina. ¿Quieres enseñarle la casa?

Nunca he estado en las otras habitaciones, dijo Jamie.

Es verdad.

Louis los guió a los dos por la casa y la perra subió trotando las escaleras delante de ellos, a tres patas, doblando la pata herida, y luego regresaron a la cocina. Vamos a ver si tu abuela nos ha preparado algo de comer.

¿Y la perra?

Será mejor que venga con nosotros. Es nueva. Todavía no podemos dejarla sola.

El niño cogió la correa y cruzaron la calle y tomaron el callejón de casa de Addie, llamaron y entraron.

En la cocina Addie dijo:

¿Habéis pensado algún nombre? Necesita uno. ¿Cómo la llamó la mujer del refugio?

Tippy, dijo Louis. Pero no me gusta mucho.

¿Qué tal Bonny?, propuso el niño.

¿De dónde has sacado ese nombre?

De una niña de mi clase.

¿Una niña que te gusta?

Más o menos.

Muy bien. Pues Bonny.

Le pega, dijo Addie.

Jamie y Louis dejaron a la perra en la alfombra de la cocina de casa de Louis y salieron a cenar a casa de Addie. Después de la cena fueron juntos a verla y la encontraron gañendo y llorando. Se la oía de lejos.

¿Por qué de momento no la llevamos a mi casa?, propuso Addie. Ruth y los vecinos no tienen por qué soportarla.

¿Y luego?

Ya se verá.

Cogieron a la perra y la llevaron a casa de Addie. Addie le dio una alfombra vieja para que se acostara y la perra se acomodó y los contempló, a uno detrás del otro. El niño subió a jugar con el teléfono y se llevó a la perra con él. Cuando Louis y Addie subieron le dijeron que la perra tendría que quedarse en la cocina. Pero cuando la bajaron se puso a llorar otra vez hasta que Addie dijo:

Vale, está bien. Ya sé lo que quieres.

Bueno, desde luego nosotros no queremos oírla toda la noche, dijo Louis.

He dicho que vale.

Louis la subió al dormitorio principal. Jamie la miró desde el borde de la cama y se agachó a acariciarla.

Tengo una idea, dijo Louis. ¿Por qué no vas con Bonny a tu cuarto? Quédatela contigo.

No sé.

Estará contigo en la habitación. Así no estarás solo.

Cuando el niño se metió en cama el animal saltó inmediatamente.

¿Está bien?

Probemos. A menos que la abuela diga lo contrario.

Pero deja la luz encendida.

Vale.

¿Y la puerta abierta?

Intenta dormir. Bonny te hará compañía.

Luego Louis regresó a la cama con Addie y se metió bajo las sábanas.

Dime una cosa, dijo Addie.

¿Qué?

¿Era tu plan desde el principio?

Ojalá fuera tan listo, respondió Louis. Al menos ahora podemos estirarnos sin enredarnos con los pies de un niño.

Addie apagó la luz.

¿Y tu mano?

Justo a tu lado, donde siempre.

Le cogió la mano. Ya podemos charlar otra vez, dijo Addie.

¿De qué quieres hablar?

Quiero saber lo que piensas.

¿De qué?

De estar aquí. Qué sientes al pasar aquí la noche.

Digamos que he conseguido acostumbrarme. Ahora me parece normal.

¿Solo normal?

Te tomo el pelo.

Ya lo sé. Dime la verdad.

La verdad es que me gusta. Me gusta mucho. Si no lo tuviera lo echaría de menos. ¿Y tú?

Me encanta, dijo Addie. Es mejor de lo que había imaginado. Es como un misterio. Me gusta la parte de amistad. Me gustan los ratos que pasamos juntos. Estar aquí de noche, a oscuras. Conversar. Escucharte respirar junto a mí cuando me despierto.

A mí también me gusta.

Pues háblame.

¿De algo en particular?

Cuéntame de ti.

¿No estás harta?

Todavía no. Ya te avisaré.

Déjame pensar un minuto. Sabes que la perra está en la cama con el niño, ¿no?

Era de prever.

Manchará la cama.

Ya la lavaré. Y ahora háblame. Cuéntame algo que no sepa.

21

Quería ser poeta. Creo que solo lo sabía Diane. Estudié literatura en la universidad al tiempo que me sacaba el título de maestro. Pero me volvía loco la poesía. Todos los poetas que leíamos entonces. T. S. Eliot. Dylan Thomas. e. e. cumings. Robert Frost. Walt Whitman. Emily Dickinson. Poemas sueltos de Housman y Matthew Arnold y John Donne. Los sonetos de Shakespeare. Browning. Tennyson. Me aprendí algunos de memoria.

¿Todavía los recuerdas?

Recitó los primeros versos de «La canción de amor de J. Alfred Prufrock». Unos cuantos versos de «La colina de los helechos» y otros de «Y la muerte no tendrá señorío».

¿Qué pasó?

¿Te refieres a por qué no seguí?

Se diría que todavía te interesa.

Me interesa. Pero no como antes. Empecé a dar clases y nació Holly y estaba demasiado ocupado. En verano trabajaba pintando casas. Necesitábamos dinero. O al menos lo pensaba.

Me acuerdo de cuando pintabas casas. Con otro par de profesores.

Diane no quería trabajar y yo estaba de acuerdo en que Holly debía tener a alguien con ella en casa. De modo que escribía un poco por las noches o los fines de semana. Me aceptaron un par de poemas en revistas y semanarios, pero me rechazaban la mayoría, me los devolvían sin ni siquiera una nota. Si alguna vez recibía algo de algún editor, unas palabras o una frase, me lo tomaba como un estímulo que me daba para vivir durante meses. Ahora no me sorprende. Eran unos poemas horribles. Imitaciones. De una complejidad innecesaria. Recuerdo un verso de uno que hablaba del azul iris, que no está mal, pero dividí la palabra «iris».

¿Por qué?

Vete tú a saber. No importa. Enseñé el poema, uno de los primeros, a uno de los profesores de la universidad y le echó un vistazo y se quedó mirándome y me dijo: Hum, interesante. Sigue trabajando. Uf, era penoso.

Pero si hubieras persistido habrías mejorado.

Tal vez. Pero no funcionó. No lo llevaba dentro. Y a Diane no le gustaba.

¿Por qué no?

No lo sé. Quizá se sintiera amenazada. Creo que estaba celosa de cómo me sentía y del tiempo que le dedicaba, a solas y en privado.

No soportaba que quisieras escribir.

Ella no tenía nada que quisiera hacer. Salvo cuidar de Holly. Y luego el grupo de mujeres que te he contado la ratificó en lo que pensaba.

Bueno, pues ojalá hubieras retomado la poesía.

Creo que forma parte del pasado. Ahora te tengo a ti. Y me apasiona, ¿sabes? Pero ¿y tú? Nunca me has contado lo que querías hacer.

Quería ser maestra. Empecé un curso en la Universidad de Lincoln pero me quedé embarazada de Connie y dejé los estudios. Después hice un cursillo de contabilidad para poder ayudar a Carl y, como ya te conté, trabajé para él como recepcionista y contable a tiempo parcial. Cuando Gene empezó el colegio entré en las oficinas del Ayuntamiento de Holt, ya lo sabes, y aguanté una buena temporada. Demasiado tiempo.

¿Por qué no retomaste la enseñanza?

Creo que nunca me lo tomé lo bastante en serio ni con el suficiente compromiso. Simplemente era lo que hacían las mujeres. Ser maestras o enfermeras. No todo el mundo descubre su verdadera vocación como tú.

Yo tampoco. Solo jugueteé un tiempo.

Pero te gustaba enseñar literatura en el instituto.

No estaba mal. Pero no era lo mismo. Me limitaba a enseñar poesía unas semanas al año sin escribir. A los chavales en el fondo no les interesaba. Solo a algunos. Pero a la mayoría no. Probablemente recuerdan aquellos años y horas como rollazos del viejo Waters. Soltando tonterías sobre algún tipo de hace cien años que escribió unas frases sobre un joven atleta muerto al que paseaban por la ciudad, algo que no les decía nada, que no podían imaginar que les pasara a ellos. Les mandaba aprenderse un poema. Y elegían el más corto. Cuando salían a recitarlo se quedaban paralizados, atacados de los nervios. Casi me daban pena.

Imagínate a un chaval que ha pasado sus primeros quince años de vida aprendiendo a conducir un tractor y sembrar trigo y engrasar la cosechadora y de repente alguien porque sí le obliga a recitar un poema delante de otros chicos y chicas que han estado cultivando trigo y conduciendo tractores y dando de comer a los cerdos y resulta que para aprobar una clase de inglés tiene que recitar «Ahora el cerezo, el árbol más hermoso» y pronunciar en voz alta la palabra hermoso.

Addie se rió. Pero era bueno para ellos.

A mí me lo parecía. Pero dudo que ellos pensaran igual. Dudo que ni siquiera ahora, al echar la vista atrás, se lo parezca, salvo por una especie de orgullo grupal de haber aprobado el curso del viejo Waters, una especie de rito de paso.

Eres demasiado duro contigo mismo.

Aunque tuve a una alumna rural brillante que se aprendió a la perfección el poema de Prufrock. Sin obligación. Lo hizo porque sí, por voluntad y decisión propias. Yo solo le pedí que se aprendiera algo corto. La verdad es que me emocioné al verla recitarlo tan bien. Parecía entender bastante bien de lo que trataba el poema.

Fuera del dormitorio a oscuras el viento arreció de repente y abrió de golpe la ventana y agitó las cortinas. Luego empezó a llover.

Será mejor que cierre la ventana.

No la cierres del todo. ¿A que huele bien? Me encanta este olor.

Sí.

Louis se levantó y bajó la ventana hasta dejar solo una franja abierta y regresó a la cama.

Permanecieron acostados uno junto al otro escuchando llover.

Así que la vida no nos ha ido bien a ninguno de los dos, al menos no nos ha ido como esperábamos, dijo Louis.

Pues ahora, en este momento, me siento bien.

Mejor de lo que merezco, convino él.

Pero te mereces ser feliz, ¿no crees?

Creo que el último par de meses han salido así. Por la razón que sea.

Todavía te tomas con escepticismo cuánto durará lo nuestro.

Todo cambia.

Volvió a levantarse de la cama.

¿Y ahora qué haces?

Voy a echar un vistazo. Por si la lluvia y el viento los ha asustado.

Puede que los asustes tú.

No haré ruido.

Después vuelve.

El niño dormía. La perra levantó la cabeza de la almohada, miró a Louis y volvió a bajarla.

En el dormitorio de Addie, Louis sacó la mano por la ventana y atrapó la lluvia que goteaba de los aleros y volvió a la cama y tocó la suave mejilla de Addie con la mano mojada.

22

La siguiente vez que fueron a mirar el cobertizo de detrás de la casa de Louis los ratones habían crecido y tenían el pelaje negro y los ojos abiertos. Corretearon cuando Louis levantó la tapa. La madre no estaba. Observaron cómo los ratoncillos de ojos negros se arrastraban unos encima de otros y olisqueaban y se escondían. Están a punto de abandonar el nido, dijo Louis.

¿Y qué harán?

Lo que les enseñe su madre. Saldrán a buscar comida y hacerse sus nidos y conocer a otros ratones y tener hijos.

¿No volveremos a verlos?

No es probable. Quizá los veamos por el jardín o alrededor del garaje y junto a las paredes o la base del cobertizo. Tendremos que estar atentos.

¿La madre por qué se ha escapado? Los ha dejado solos.

Nos tiene miedo. Le damos más miedo nosotros que abandonar a sus crías.

Pero no vamos a hacerles daño, ¿no?

No. No quiero que se metan en casa, pero no me importa que estén aquí. A menos que se cuelen bajo el capó del coche y roan los cables.

¿Cómo iban a hacerlo?

Los ratones se cuelan en todas partes.

23

No es necesario, dijo Addie.

Sí lo es, repuso Ruth. Quiero devolverte el favor. Por sacarme por ahí.

¿Qué llevo, entonces?

Con tu presencia basta. Y trae a Louis y a Jamie.

Por la tarde acudieron a la puerta trasera de la vieja casa de Ruth y la anciana salió a recibirlos al porche en zapatillas, vestido de andar por casa y delantal, con la cara y las consumidas mejillas rojas de cocinar. Los invitó a entrar. Bonny se puso a gemir a los pies de la escalera. Que entre también. No molesta. La perra subió como pudo hasta la casa. La siguieron y pasaron a la cocina, donde la mesa estaba puesta. Pensaba que comiéramos aquí. Pero hace demasiado calor.

Louis se quedó en el umbral. ¿Quieres que pasemos al comedor?

Es demasiada molestia.

Trasladaremos las cosas. Y abriré alguna ventana.

Dudo de que se abran. Pero puedes intentarlo.

Louis forcejeó con un destornillador en las ventanas y consiguió abrir dos.

Vaya. Lo has conseguido. Bueno, a los hombres se os dan bien estas cosas. Lo admito.

Y que lo digas, convino Louis.

Cenaron macarrones con queso y lechuga iceberg con salsa rosa y judías verdes de lata y pan con mantequilla y té frío servido con una jarra de cristal vieja y pesada y helado de corte de postre. La perra se tumbó a los pies de Jamie.

Después de cenar Ruth se llevó a Jamie al salón y le enseñó las fotografías de las paredes y del aparador mientras Addie y Louis lavaban y secaban los platos.

Mira, dijo Ruth. ¿Qué es?

No lo sé.

Es Holt. Es Holt en los años veinte. Hace noventa años.

El niño miró la cara vieja, flaca y arrugada y miró la fotografía.

Oh, yo no había nacido. No soy tan vieja. Me lo contó mi madre. En la calle Main había árboles. Por toda la calle. Era un lugar anticuado, de orden y silencio. ¿A que era bonito? Debía de ser agradable pasear haciendo la compra. Luego instalaron la electricidad. Y postes y farolas por toda la calle. Después, una noche talaron los árboles mientras la gente dormía. A la mañana siguiente descubrieron lo que había hecho el consistorio. Se enfadaron muchísimo, escupían bilis de rabia. Mi madre seguía enfadada después de un montón de años. Ella me contó esta parte de la historia local y conservó la fotografía. Hombres, decía mi madre. Nunca perdonó a mi padre. Mi padre estaba en el consistorio.

Un momento, dijo Louis. ¿No habíamos quedado que algunas cosas se nos dan bien?

No. Todavía estás a prueba. Pero el niño quizá sea diferente, dijo Ruth. Tengo fe en él. Cogió la cara de Jamie entre las manos. Eres un buen chico. No lo olvides. Que nadie te convenza de lo contrario. No lo permitirás, ¿verdad?

No.

Eso es.

Lo soltó.

Gracias por la cena, dijo él.

De nada, cariño, de nada.

Y pusieron rumbo a casa. Addie, Louis, Jamie y la perra salieron a la fresca noche estival.

Hace una noche preciosa, se despidió Addie.

Sí, convino Ruth. Buenas noches.

24

Una mañana cuando aún se estaba fresco sacaron a Bonny a correr por el campo. Le colocaron el tubo protector de la pata y salieron al oeste de la ciudad por un camino recto de grava. Había girasoles en la zanja de la cuneta y popotillo azul y jabonera. Jamie dejó bajar a la perra del asiento de atrás y le quitó la correa. El animal lo miró, a la espera.

Venga, dijo Louis. Corre. Aire.

Y dio unas palmadas.

La perra saltó y echó a correr por la carretera entrando y saliendo de las zanjas, la pata protegida golpeaba suavemente la superficie dura de la carretera. El niño salió corriendo detrás. Addie y Louis los siguieron, caminando despacio, vigilándolos. En el rato que estuvieron allí no pasó ningún coche.

Ha sido buena idea, dijo Addie, adoptar un perro.

Jamie parece más contento.

Eso y que comienza a acostumbrarse a vivir con nosotros. A saber si continuará igual cuando vuelva a casa.

Volvieron corriendo. El niño estaba acalorado y resollaba.

Puede correr perfectamente con la pata mala, dijo. ¿La habéis visto?

La perra miró al niño y los dos arrancaron de nuevo a correr. Empezaba a apretar el calor. Mediados de julio. El cielo despejado y el trigo segado en los campos del borde de la carretera, los rastrojos limpios y recortados y, en el campo siguiente, las hileras rectas de maíz verde oscuro. Un día de verano cálido y luminoso.

25

A finales de julio Ruth fue al banco de la calle Main con otra anciana que todavía podía conducir y recogió en ventanilla el dinero que había retirado de sus ahorros, lo guardó doblado en el monedero, cerró la cremallera del bolso y se dispuso a marcharse, dio media vuelta hacia la puerta, cayó al suelo y se murió. Se derrumbó como un fardo frágil en el suelo embaldosado del banco y dejó de respirar. Después dijeron que probablemente había dejado de respirar antes de llegar al suelo. La otra mujer se tapó la boca con la mano y se echó a llorar. Llamaron a la ambulancia, pero no hubo nada que hacer. Ni se molestaron en llevarla al hospital. El forense certificó la muerte y trasladaron el cadáver a la funeraria de la calle Birch. Incineraron los restos y al cabo de dos días se celebró un funeral íntimo en la iglesia presbiteriana. No le quedaban muchas amistades vivas, unas ancianas, algún viejo, que entraron en la iglesia renqueando y arrastrando los pies y se sentaron en los bancos y algunos se inclinaron y agacharon la cabeza apoyando la barbilla en el pecho enjuto y se durmieron y luego se despertaron al empezar el himno.

Addie y Louis se sentaron delante. Ella había organizado la ceremonia y le había hablado de Ruth al pastor. El pastor no la conocía de nada. Ruth había dejado de ir a la iglesia por la ortodoxia y el infantilismo con que hablaban y pensaban sobre Dios.

Después todos los asistentes regresaron a sus casas en silencio y Addie se llevó a la suya la urna esmaltada de las cenizas.

Resultó que la anciana no tenía familia cercana, salvo una sobrina lejana de Dakota del Sur que se convirtió en la heredera. La sobrina se presentó en Holt a la semana siguiente y se reunió con el abogado y el agente inmobiliario, y la casa donde Ruth había vivido durante décadas se vendió al mes a un jubilado y su mujer de fuera del estado. La sobrina no quiso la urna. ¿La quiere usted?, dijo.

Addie la aceptó y a las dos de la madrugada Louis y ella esparcieron las cenizas en el jardín de detrás de casa de Ruth.

Ya no era como cuando estaba Ruth y salían una noche a la autocafetería y después iban a ver un partido de softball. Decidieron que Jamie no tenía por qué enterarse. Le dijeron que Ruth se había mudado. Decidieron que no era exactamente mentira.

Era buena mujer, ¿verdad?, dijo Louis. La admiraba.

La echo de menos, dijo Addie. ¿Qué pasará con nosotros, qué nos pasará?

26

Addie dijo:

Después de morir Connie, Carl no volvió a ser el mismo. Por fuera, cuando estaba con otra gente lejos de casa y de la oficina, se le veía bien, pero cambió. Quería a nuestra hija. Más que yo. Más que Gene. Después de lo ocurrido ya no prestaba tanta atención a Gene, y cuando lo hacía solía ser para criticarlo o corregirlo. Se lo comenté muchas veces y decía que intentaría mejorar. Pero ya nunca fue igual, y eso afectó a Gene. Ahora lo sé. Intenté compensarlo, pero no funcionó.

¿Y entre vosotros? La relación también debió de cambiar.

Durante el año posterior a morir Connie no hicimos el amor. Carl no quería. Luego, cuando recuperó el interés, no fue gran cosa. Era algo más físico que emocional o cariñoso. Al año o así renunciamos.

¿Cuándo fue?

Diez años antes de morir Carl.

¿Lo echabas de menos?

Por supuesto. Sobre todo la intimidad. Ya no teníamos la misma. Teníamos un trato cordial y formalmente agradable y educado, pero nada más.

No tenía ni idea. No me di cuenta.

No, pero ¿cómo ibas a darte cuenta? En público nos comportábamos con delicadeza, incluso con afecto. Y tampoco te veíamos mucho aunque fueras vecino. Nadie lo sabía, en realidad. Yo no se lo conté a nadie y estoy segura de que Carl tampoco. Gene lo sabía pero pensaría que siempre es así, que es ley de vida. Que los matrimonios funcionan así.

Suena muy triste.

Bueno, fue difícil. Intenté hablarlo, pero Carl se negaba. Intenté meterme en la cama desnuda. Perfumarme. Hasta compré camisones minúsculos por catálogo. Le pareció asqueroso. Las pocas veces que hacíamos el amor era rudo, casi mezquino. No era amor, claro. Conseguía que me sintiera peor. Dejé de intentar arreglar la situación y nos conformamos con una larga vida de silencio y corrección. Me llevaba a Gene a Denver a conciertos y al teatro e intentaba ofrecerle algo más que esta casa y sus secretos, sacarlo de Holt y mostrarle que hay más mundo. No puedo decir que funcionara. Gene siguió más unido a su padre. Todavía más en el instituto, luego se fue a la universidad y ya no lo veíamos tanto como antes. De modo que empecé a ir sola a Denver a obras y conciertos. Me mimaba. Me lo merecía. Me hospedaba en el hotel Brown Palace y salía a cenar sola a restaurantes caros. Me compré algunos vestidos que solo lucía en Denver. No quería pasearme por Holt con aquella ropa. No quería que nadie se enterase. Aunque supongo que de todos modos algo sabrían. Tu mujer, quizá.

Si sabía algo, nunca lo mencionó.

Siempre me gustó eso de Diane. Me parecía que podías confiar en que no cotilleaba ni hablaba mal de nadie.

Pero todos esos años seguisteis durmiendo juntos. No teníais camas separadas.

Imagino que parece raro. Pero era lo poco que nos quedaba. Nunca nos tocábamos. Aprendes a no moverte de tu lado y no tocar al otro ni siquiera por casualidad durante la noche. Os cuidáis cuando enfermáis y de día cada uno cumple con lo que considera su deber. Carl me traía flores y la gente pensaba: Qué detalle. Pero siempre con el secreto silenciado de fondo.

Y murió, dijo Louis.

Sí. Me ocupé de él. Quise hacerlo. Lo necesitaba. Antes del domingo por la mañana en que murió, en la iglesia, ya había estado enfermo a temporadas. De modo que sí, lo cuidé. Tampoco sé qué otra cosa podría haber hecho. Habíamos compartido media vida, aunque no fuera bueno para ninguno de los dos. Era nuestra historia.

27

A media semana cargaron la camioneta de Louis y salieron cruzando las llanuras rumbo al oeste, hacia las montañas, viéndolas alzarse cada vez más conforme se acercaban a Front Range, las estribaciones bajas de bosque oscuro y al fondo los picos blancos por encima del límite arbóreo todavía con zonas nevadas, incluso en julio, y condujeron por la 50 y atravesaron las escasas poblaciones que cruzaba. Se detuvieron en una de ellas a comer hamburguesas y luego subieron por la carretera que remonta el cañón del río Arkansas, de bellas aguas rápidas, con escarpados precipicios rojos a cada lado y carneros de las Rocosas en los márgenes, todos hembras de cuernos cortos y afilados, y continuaron y después giraron hacia el campamento North Fork por la comarcal 240 y entraron en el bosque protegido. No había mucha gente ni campistas en las instalaciones. Bajaron y se pusieron a descargar la camioneta junto al arroyo. Lo oían correr y precipitarse. Un agua clara y gélida, con truchas de río refugiadas en los huecos bajo las rocas. Bordeaban el arroyo hasta los pies de las montañas abetos altos y enormes pinos ponderosa y álamos temblones. Las tiendas y zonas de acampada estaban señaladas con maderos y cerca había mesas de pícnic y parrillas.

Echaremos un vistazo a los alrededores antes de instalarnos, dijo Louis.

El niño ayudó a montar la tienda donde Louis consideró que había una superficie lo bastante plana que no quedase demasiado cerca de las parrillas. Louis le enseñó la posición correcta de los palos de la tienda y a tensar las guías y clavarlas en el suelo y cómo recoger las cubiertas de las ventanas y la puerta. Metieron los colchones hinchables y los sacos de dormir, Jamie y Bonny dormirían a un lado y Addie y Louis al otro. Addie abrió la cremallera de uno de los sacos y lo extendió para Louis y para ella y abrió el otro y lo extendió encima del primero, de forma que dispusieran de una cómoda cama doble, y extendió un tercero para Jamie.

Una vez montado el campamento se dirigieron al arroyo y se metieron en las aguas gélidas.

Está muy frío, abuela.

Nace en la nieve, tesoro.

Comenzaba a oscurecer, había pasado la hora de cenar. Louis y el niño descargaron la leña de la camioneta, porque estaba prohibido cortar ramas o árboles de un bosque protegido. Jamie recogió tallos y ramitas secas del suelo e hicieron una pequeña hoguera dentro del círculo de piedras y apoyaron la parrilla encima y Addie y el niño cocinaron perritos calientes y judías de lata en una sartén de hierro y sirvieron zanahorias crudas y patatas fritas. Una vez lista la cena se sentaron a la mesa de pícnic y comieron y contemplaron la hoguera.

¿Quieres ir a por más leña?, dijo Louis.

Jamie y la perra salieron de la luz de la hoguera hacia la camioneta y el niño regresó cargado con una brazada de leña.

Adelante, echa un poco más, dijo Louis.

El niño añadió un tronco al fuego con el brazo estirado, los ojos llorosos y parpadeantes por culpa del humo. Luego volvió a sentarse. El aire estaba frío y limpio, estaba levantándose brisa. No hablaron, sino que contemplaron el fuego y las estrellas por encima de las montañas. Se divisaba el pico desnudo del monte Shavano refulgiendo al norte contra el cielo nocturno.

Entonces Louis se llevó a Jamie al arroyo y cortaron tres brotes de sauce y afilaron las puntas y regresaron a la fogata.

Tu abuela tiene una sorpresa para ti.

¿Qué es?

Addie sacó una bolsa de nubes de malvavisco y ensartaron una en la punta afilada de cada palito.

Acércala al fuego. Que se tueste y se ablande.

El niño la acercó al fuego y prendió al instante.

Sopla.

Addie le enseñó a tostarla despacio girando el palo. Se comieron dos o tres cada uno. Jamie acabó con la boca y las manos pegajosas de azúcar y negras de ceniza de malvavisco.

Cuando terminaron de cenar guardaron la comida en la cabina de la camioneta para que no atraer a los osos durante la noche. Después Louis acompañó a Jamie a los servicios y entraron juntos con una linterna.

Haz lo que tengas que hacer y sal, dijo Louis. Mejor no quedarse por aquí. ¿Quieres que espere contigo?

Apesta.

Louis enfocó con la linterna el agujero negro del depósito.

Vamos. No te dejaré solo.

Louis se giró y el niño se bajó los pantalones y se sentó encima del depósito abierto. Le daba miedo. Cuando terminó Louis fue al lavabo y después salieron a donde los esperaba la perra. Volvieron a respirar aire fresco. Se acercaron a lavarse las manos y la cara a la bomba de agua y regresaron a la tienda.

Apestaba, abuela.

Lo sé.

Addie arropó al niño en el saco de dormir y acostó a Bonny a su lado en la almohada.

¿Y tú?

Yo duermo aquí mismo, a tu lado.

¿Toda la noche?

Sí.

El niño se durmió y Louis y Addie entraron en la tienda pasada una hora y se desnudaron y se acostaron y se cogieron de la mano y contemplaron las estrellas por la malla de la ventana de la tienda. Se notaba un intenso aroma a pino.

Se está bien, ¿verdad?, dijo Addie.

Por la mañana desayunaron tortitas y huevos con beicon y luego desmontaron el campamento y metieron la comida y el menaje en la nevera en la parte trasera de la camioneta y condujeron montaña arriba hacia Monarch Pass y pararon y se apearon en la divisoria continental y atisbaron hacia la pendiente occidental como si la vista les permitiera ver por encima de la curvatura de la tierra el océano Pacífico, a miles de kilómetros al otro lado de las montañas. A mediodía regresaron al campamento y almorzaron bocadillos de queso y manzanas y bebieron agua fría de un pozo antiguo, que bombearon con una manilla verde, y después salieron de excursión por las cascadas del arroyo de North Fork, se sentaron y contemplaron caer la corriente en la laguna de cristalinas aguas verdes. Cuando bajaron, el aire cerca del salto era más frío y les empañó la cara.

Regresaron al campamento y Addie y Louis colocaron unas sillas plegables a la sombra junto al arroyo y se pusieron a leer. El niño y la perra vagaron entre los árboles de los alrededores.

¿Podemos ir a dar una vuelta?, preguntó Jamie.

Seguid el arroyo, dijo Louis. ¿En qué dirección dirías que fluye?

Hacia abajo.

¿Y eso?

No lo sé.

Porque va ladera abajo. El agua siempre fluye hacia el lugar más bajo. ¿Adónde quieres ir?

Por ahí.

Colina abajo. Río abajo. ¿Qué harás para regresar al campamento?

Dar media vuelta.

Chico listo. Si sigues el curso río arriba regresarás a la tienda. Tu abuela y yo estaremos esperándote. Prueba una vez. Aléjate un poco y después vuelve. Llévate a Bonny contigo. Pero no cruces el arroyo. Quédate en la orilla.

El niño y la perra se alejaron del campamento y volvieron y luego se alejaron un poco más y se asomaron entre las rocas y examinaron la mica brillante y treparon a las rocas más grandes y se tumbaron boca abajo a mirar el agua. Luego remontaron la orilla del arroyo.

¿Qué habéis visto?, preguntó Louis.

No hemos visto ningún oso. Pero había un ciervo.

¿Qué ha hecho Bonny?

Le ha ladrado. Y hemos dado media vuelta. No hemos hecho nada más.

Por la tarde encendieron otra hoguera pequeña y Addie troceó cebollas y pimientos y los frió con mantequilla en la sartén de hierro y añadió la carne picada con salsa de tomate y una cucharada de azúcar y salsa Worcestershire y un cuarto de taza de ketchup y sal y pimienta, una salsa que había preparado antes en casa, y lo mezcló todo y lo tapó. Louis y Jamie sacaron los panecillos para hamburguesas y los restos de patatas fritas del día anterior y pusieron la mesa, con los platos y vasos irrompibles. Jamie se fue con la perra y la jarra vacía a la bomba de agua y regresó con agua fresca, y los tres comieron sentados junto al fuego mientras iba cayendo la noche. El niño le dio a Bonny un poco de su carne y miró a Louis para ver qué le parecía. Louis le guiñó el ojo y desvió la mirada hacia la arboleda.

¿Esta noche saldrán los osos?, preguntó Jamie.

Lo dudo, dijo Louis. Si aparece alguno será un oso negro. Pero no atacan si no los asustan. De todos modos, Bonny nos alertaría.

Me gustaría ver uno desde la camioneta. Desde dentro.

Sería lo ideal.

¿Te preocupa?, preguntó Addie.

Es solo que me gustaría ver uno.

Echaron agua al fuego y la leña soltó humo y vapor y las ascuas rojas se apagaron, y después Louis se llevó a Jamie entre los árboles apuntando con la linterna.

Puedes hacer pis ahí, dijo. No hace falta ir a los servicios cuando es tan de noche.

Se supone que fuera no está bien.

Por una vez no pasa nada. No nos verá nadie. Apagó la linterna. Los animales mean por aquí. Así que por una vez nosotros también.

Los dos mearon en el suelo y luego Louis encendió la linterna y se la dejó llevar a Jamie. La luz parpadeaba y subía y bajaba entre los árboles y los arbustos. Regresaron a la tienda.

Al día siguiente bajaron las montañas de vuelta a las llanuras. Otros subían a pasar el fin de semana remolcando enormes caravanas que parecían fuera de lugar en el bosque.

Cuando alcanzaron las tierras bajas el aire estaba caliente y seco y el territorio les pareció más plano que antes y más desnudo y desarbolado. Llegaron a casa de noche y cansados, se ducharon y se acostaron en sus respectivos dormitorios.

28

A primeros de agosto Gene llegó de visita desde Grand Junction y Addie y Jamie salieron a recibirlo a la puerta.

¿Y el perro del que me has hablado?, preguntó.

Está en casa de Louis, respondió Jamie.

¿Lo llamas Louis?

Sí. Me lo ha pedido.

Entraron y Gene subió el equipaje al dormitorio de atrás, donde dormían Jamie y la perra, y lo dejó sobre la cama.

Dormiré aquí contigo, antes era mi cuarto.

¿Y Bonny?

No puede dormir con los dos.

Siempre duerme conmigo.

Ya veremos.

Volvieron abajo y entrada la tarde Louis se pasó a saludar acompañado por la perra. Jamie se arrodilló delante de ella y la acarició y la sacó a jugar al jardín.

No salgas a la calle, le dijo Gene.

Siempre salimos juntos, papá. Y salieron.

Gene miró a Louis. Tengo entendido que tú también te quedas en casa de mi madre.

Algunas noches.

¿De qué se trata?

Para empezar, somos amigos.

¿Qué haces?, intervino Addie. Ya estabas al corriente.

Que qué hago. ¿Mi madre se acuesta con el viejo que tiene por vecino mientras mi hijo duerme en el cuarto de al lado y se supone que no debo preguntar?

Exacto. ¿Cómo puede ser que te incumba?

Me incumbe porque mi hijo vive aquí.

No hay nada que ver, dijo Louis. No creo que le perjudique. Si me lo pareciera ya me habría ido.

No eres quién para decidirlo. Tú ya tienes lo que querías. ¿Por qué habrías de preocuparte por el hijo de otro?

Pues me preocupo.

Bueno, pues ya puedes dejar de hacerlo. No quiero que esto afecte a mi hijo. Te conozco. De niño me llegaron rumores sobre ti.

¿Qué rumores?

Que dejaste a tu mujer y a tu hija por otra.

Hace más de cuarenta años.

Pero pasó.

Y lo lamento. Pero no puedo retroceder y cambiarlo. Louis se quedó observándolo. Creo que me voy. No estamos arreglando nada.

Te llamo luego, le dijo Addie.

Louis se levantó y se marchó.

¿Por qué eres así?, dijo Addie. ¿Qué te pasa?

No quiero que mi hijo salga perjudicado.

¿Y no te parece que su madre y su padre le han perjudicado este verano?

Sí, por supuesto. Y ahora está empeorando.

No sabes de lo que hablas. Está mucho mejor ahora que cuando lo dejaste. Y, si quieres saber la verdad, Louis le ha sido de gran ayuda.

Porque encima va detrás de tu dinero, ¿a que sí?

¿Y ahora de qué hablas?

Si os casáis se quedará con la mitad de todo lo que tienes, ¿no? No podría impedírselo.

No vamos a casarnos. Y no le interesa mi dinero. Dios mío, por qué poco me tienes.

Gene apartó la mirada.

No sé qué voy a hacer. Tengo que empezar de cero.

Sabes que te ayudaré.

¿Cuánto tiempo?

El que haga falta. Mientras pueda.

Si ya estás harta. Tienes que estarlo.

Bueno, de momento voy tirando. Eres mi hijo. Jamie es mi nieto.

Las dos noches siguientes la perra se quedó en casa de Louis y el niño durmió arriba en el cuarto de atrás con su padre y la segunda noche, la del domingo, tuvo una pesadilla y se despertó llorando y no hubo manera de consolarlo hasta que Addie lo abrazó y se lo llevó a su dormitorio. El lunes Gene se despidió y volvió a su casa.

Cuando su padre se marchó el niño fue a casa de Louis y le puso la correa a la perra y el tubo protector de la pata y dieron la vuelta a la manzana y entraron por el callejón en el jardín trasero de la abuela y jugaron un rato mientras Addie y Louis lo contemplaban.

Ayer pasó mala noche, dijo Addie. Como al principio de estar aquí. Con pesadillas. Otra vez inquieto. Y ahora Gene va y me suelta que Beverly volverá a casa dentro de un par de semanas.

¿Y qué pasará?

No lo sé. Imagino que lo intentarán de nuevo. Que Beverly volverá a instalarse en casa. Y Jamie comenzará el colegio.

Podría llevarse la perra cuando se vaya. Si a sus padres les parece bien.

No sé si querrán.

¿Por qué no les preguntas? Para bien o para mal, pregunta.

Miraron a Jamie y Bonny en el jardín trasero.

¿Vengo esta noche?, preguntó Louis.

Eso espero, viejo verde.

Tu hijo no dijo nada de verde.

Pero te conozco.

29

Louis dijo:

El último año lo pasó fatal. Siempre estaba enferma. Probaron con quimioterapia y radioterapia y lo ralentizó una temporada pero seguía dentro y nunca lo eliminaron por completo de su organismo. Empeoró y ya no quiso recibir más tratamiento. Fue consumiéndose.

Me acuerdo, dijo Addie. Quise ayudar.

Lo sé. Tú y los demás traíais comida. Lo agradecí mucho. Y las flores.

Pero nunca la vi en el dormitorio.

No. Arriba no quería más compañía que Holly y yo. No quería que la viera nadie, que vieran el aspecto que tuvo en los últimos meses. Y no quería hablar. Le daba miedo la muerte. Nada que yo pudiera decirle importaba.

¿A ti no te asusta la muerte?

No como antes. Ahora creo en la vida del más allá. En que regresamos a nuestro verdadero ser, a nuestro ser espiritual. Solo permanecemos en este cuerpo físico hasta que regresamos al espíritu.

No sé si me lo creo, dijo Addie. Quizá tengas razón. Espero que sí.

Ya se verá, ¿verdad? Pero todavía no.

No, todavía no, convino Addie. Adoro el mundo físico. Adoro esta vida física contigo. Y el aire y el campo. El jardín de atrás, la grava del callejón. El césped. Las noches frías. Acostarme contigo a charlar a oscuras.

A mí también me gusta todo eso. Pero Diane estaba exhausta. Al final estaba demasiado cansada y harta para seguir asustada. Quería irse, algo de alivio. Un final al sufrimiento. En los últimos meses sufrió de un modo terrible. Tuvo muchísimo dolor. Incluso con calmantes y morfina. Y, en el fondo, casi siempre estaba asustada. Entraba a ver cómo estaba por la noche y me la encontraba con la vista clavada en la oscuridad del otro lado de la ventana. ¿Puedo ayudarte en algo?, le decía. No. ¿Quieres algo? No. Solo quiero que termine. Holly la ayudaba a bañarse e intentaba que comiera, pero no tenía apetito. No comía nada. Supongo que en cierto modo estaba dejándose morir de inanición. Al final estaba muy frágil, muy menuda, con los brazos y las piernas como palillos. Los ojos parecían demasiado grandes para su cabeza. Era espantoso verla y para ella, por supuesto, era aún peor. Yo quería hacer algo por ella y lo único que cabía hacer era lo que ya estábamos haciendo. La enfermera de terminales venía a diario y era muy buena gente y consiguió que Diane muriese en casa. No quería volver al hospital. Y así fue. Al final murió. Holly y yo estábamos presentes. Diane se quedó mirándonos con aquellos ojos negros enormes como diciéndonos: Socorro, socorro, ¿por qué no me ayudáis? Después dejó de respirar y murió.

La gente dice que el espíritu flota un rato por encima del cuerpo, y quizá el suyo lo hiciera. Holly dijo que tenía la impresión de que su madre seguía en la habitación, y puede que yo también lo sintiera. No estoy seguro. Noté algo. Una especie de emanación. Pero muy ligera, tal vez un simple aliento. No sé. Al menos ahora descansa en paz en otro lugar o un reino de las alturas. Es lo que yo creo. Y espero. En realidad nunca le di lo que quería. Diane tenía una idea, un concepto de cómo debería ser la vida, el matrimonio, que no coincidió nunca con lo que tuvimos. En ese sentido le fallé. Debería haberse casado con otro.

Eres demasiado duro contigo mismo, dijo Addie. ¿Quién consigue lo que quiere? Se diría que nadie o casi nadie. Siempre se trata de un par de personas que chocan a ciegas, actuando a partir de viejas ideas y sueños y malentendidos. Salvo en nuestro caso. Ahora no, hoy no.

Siento lo mismo. Pero podrías cansarte de mí y querer dejarlo.

Si ocurre, lo dejamos, dijo Addie. Es el acuerdo tácito que tenemos, ¿no? Aunque nunca lo hayamos dicho.

Sí, cuando te canses, me lo dices.

Y tú igual.

No creo que me canse. Diane nunca consiguió lo que nosotros tenemos. A menos que tuviera a otro del que yo no supiera nada. Pero no. No se le habría ocurrido.

30

En agosto se celebró la Feria Anual del Condado de Holt con rodeo y concurso de ganado en el recinto situado al norte de la ciudad. Comenzó con un desfile desde el extremo sur de la calle Main que fue recorriéndola hacia las vías del tren y la antigua estación. El día del desfile llovió. Louis y Addie se pusieron el chubasquero y abrieron un agujero en el fondo de una bolsa de basura negra para ponérsela a Jamie y los tres se encaminaron a la calle Main y se situaron en el bordillo con el resto de la gente. A pesar del mal tiempo, la muchedumbre se congregaba a ambos lados de la calle. Primero pasó la guardia de honor, cargada con las banderas mojadas y flácidas y los rifles goteando al hombro, luego llegaron gruñendo viejos tractores y cosechadoras sobre remolques de plataforma y rastrilladoras y segadoras antiguas y más tractores, traqueteando y petardeando, y la banda del instituto, reducida en verano a solo quince miembros vestidos con camisa blanca y vaqueros que se les pegaban a la piel, empapados, y después el descapotable con los notables pero con la capota subida a causa de la lluvia, y después la reina del rodeo y sus ayudantes a caballo, todas excelentes amazonas vestidas con impermeables de rancho, seguidas por más coches elegantes con publicidad en las puertas y coches del Lions Club, el Rotary, los Kiwanis y los Shriners zigzagueando por la calzada como niños gordos y fardones en sus vehículos trucados y más caballos y jinetes con chubasqueros amarillos y un carro tirado por ponis, y hacia el final del desfile llegó un camión con plataforma con un estampa religiosa sobre cartón y una tarima elevada delante, pagado por una de las iglesias evangélicas de la ciudad. En la tarima había una cruz de madera y un joven de pie ante ella, con melena y barba oscura, vestido con una túnica blanca y, como llovía, un paraguas abierto. Cuando Louis lo vio se echó a reír. La gente de alrededor se giró y lo miró.

Vas a buscarte problemas, dijo Addie. Aquí se lo toman en serio.

Supongo que es capaz de caminar sobre las aguas pero no de evitar que se le empape la cabeza.

Chsss... Compórtate.

Jamie los miró para comprobar si estaban enfadados de verdad.

Al final del desfile pasó la máquina barredora limpiando la calle con sus enormes cepillos rotatorios.

Por la tarde paró de llover y salieron en coche al recinto ferial y aparcaron y pasearon entre los establos y los relucientes caballos y las reses acicaladas con las largas colas hinchadas, y contemplaron los grandes cerdos tumbados en la paja sobre el suelo de cemento de los corrales, gordos, jadeantes y rosados, agitando las orejas, y pasaron ante las cabras y las ovejas cepilladas y esquiladas y luego salieron por las jaulas de los conejos y las gallinas y rodearon la zona de la feria ambulante. Montaron a Jamie en la noria con Addie, Louis dijo que se mareaba. Addie y el niño subieron y giraron y estando en lo más alto la abuela señaló la calle Main y el silo y la torre del agua y sus casas, en la calle Cedar.

¿Ves mi casa?

No.

Allí. La de los árboles grandes.

No la veo.

Atisbaron más allá de los límites de la ciudad el campo abierto, donde divisaron granjas y graneros y cortinas cortavientos. Después probaron algunas atracciones, dispararon escopetas y lanzaron pelotas, y le compraron a Jamie algodón de azúcar de color rosa en un cucurucho de papel y granizados para todos y deambularon observando a la gente y después regresaron y Addie y el niño volvieron a montar en la noria. Para entonces era tarde. Todavía oían el rodeo en el recinto de arena del otro lado de las gradas, la voz alegre y potente del comentarista. No compraron entradas para el rodeo, sino que se dirigieron al fondo y miraron por encima de la verja cómo lazaban novillos y montaban toros. Se celebró una carrera de caballos de cuatrocientos metros en la pista de tierra y los vieron galopar, con los jinetes de pie sobre los estribos después de cruzar la meta y los animales agitados y con las narinas abiertas. Después volvieron al coche y se fueron a casa y el niño sacó a la perra de la cocina de Louis y cenaron en el porche delantero mientras el día tocaba a su fin.

31

Louis cortó el césped de su jardín y luego cortó el del de Addie y vació el depósito de la hierba en una carretilla y Jamie la llevó a la parte de atrás y la volcó en el montón del callejón y volvió a por más. Cuando terminaron Louis lavó el cortacéspedes con la manguera y lo guardó en el cobertizo.

Levantó la tapa del nido del rincón.

¿Algún día volveremos a ver ratoncitos?

Puede, dijo Louis. Tendremos que ir mirando.

Me pregunto adónde habrán ido. Me pregunto si su madre los habrá encontrado.

Entraron en la cocina de Addie y bebieron té helado y luego salieron al jardín lateral a la sombra y jugaron a atrapar pelotas con el guante. Addie salió con ellos. Bonny corría de un lado a otro detrás de la pelota y saltaba y la cazaba en cuanto tocaba el suelo y corría en círculos hasta que la pillaban.

A mediodía Louis se fue a su casa y Jamie se quedó la perra en la de Addie y almorzaron juntos, charlando tranquilamente, y luego Bonny y él subieron al cuarto trasero y la perra se tumbó a los pies de la cama en el calor del dormitorio mientras el niño jugaba con el móvil y telefoneaba a su madre.

Nos veremos pronto, dijo la madre. ¿No te lo había dicho? Vuelvo a casa.

¿Y papá qué opina?

Le parece bien. Los dos queremos intentarlo otra vez. ¿No te alegras?

¿Cuándo vendrás?

Dentro de una o dos semanas.

¿Vivirás en casa?

Pues claro. ¿Dónde si no?

No sé. ¿En otra casa?

Quiero estar contigo, cielo.

Y con papá.

Sí, y con papá.

Unas noches después Addie, Louis y Jamie fueron al restaurante Wagon Wheel de la carretera este y se sentaron a una de las mesas pegadas a los ventanales. Los trigales se extendían hacia el sur. Estaba poniéndose el sol y los rastrojos se veían preciosos a la luz cada vez más baja. Después de pedir la cena se acercó un viejo que se sentó con dificultades en la silla vacía. Un hombretón de aspecto macizo, camisa de manga larga y vaqueros nuevos, con la cara ancha y rojísima.

Louis dijo:

Conoces a Addie Moore, ¿verdad, Stanley?

No tanto como me gustaría.

Addie, te presento al famoso Stanley Thompkins.

No soy tan famoso. Más bien tengo mala fama.

Y este es el nieto de Addie, Jamie Moore.

A ver esa mano, hijo.

El niño tendió la mano y estrechó la del viejo, grande, y este le guiñó el ojo y Jamie se quedó mirándolo.

Tengo entendido que estáis juntos, dijo Stanley.

Parece que Addie está dispuesta a aguantarme, dijo Louis.

Me hace pensar que todavía hay esperanza de encontrar a alguien en la vida.

Addie le dio una palmadita en la mano.

Gracias. Da esperanzas, ¿verdad?

¿Conoces a alguien que quiera acurrucarse con un viejo granjero?

Me pondré a buscar, dijo ella.

Salgo en el listín. Soy fácil de contactar.

¿Y qué tal todo?, preguntó Louis.

Bueno, ya sabes, como siempre. El chaval entró el trigo y se volvió a Las Vegas. No soporta tener dinero en el banco. Se fue con una chica de Brush. No la conozco. Imagino que será guapa.

¿Por qué no te has ido con ellos?

Carajo. Miró a Jamie. Perdón. Nunca me ha gustado sentarme con desconocidos a jugar a las cartas. Si organizaras una timba de póquer en tu casa, tú o cualquier otro vecino, otro gallo cantaría. Sabrías con quién estás jugando y sería divertido. Pero, de todos modos, las ciudades no son lo mío.

¿Qué tal la cosecha?

Bien, ha sido un año bastante bueno, Louis. Toco madera. Pero ha sido uno de los mejores años en mucho tiempo. La lluvia llegó en el momento justo y abundante y no nos ha caído nada de granizo. Al vecino de más al sur sí. Pero nosotros hemos tenido suerte.

La camarera les sirvió la comida.

No os estoy dejando cenar. Se levantó y tendió la mano para volver a estrechársela al niño.

No te pases conmigo. El niño aceptó la mano tímidamente y apenas la tocó. Vale, pues hasta la vista.

Cuídate.

Una placer conocerte, señora Moore.

Cuando terminaron de comer salieron al campo y condujeron hasta la finca de Thompkins al noreste de la ciudad y pararon y contemplaron los trigales a la luz de las estrellas y les parecieron densos e igualados.

Debe de haberle ido muy bien, dijo Louis. Me alegro. También ha pasado años malos. Como todos.

Pero este no, dijo Addie.

No. Este no.

Murió en misa un domingo por la mañana, dijo Addie. Ya lo sabes.

Sí, me acuerdo.

Era agosto, en la iglesia hacía calor y Carl siempre llevaba traje, incluso en los días más calurosos del verano. Le parecía que era su obligación como empresario, como agente de seguros. Le importaban las apariencias. No sé por qué ni por quién. Pero a él le importaban. A mitad del sermón del pastor noté que se apoyaba en mí y pensé: Se ha dormido. Bueno, pues que duerma. Está cansado. Pero entonces se cayó hacia delante y se golpeó la cabeza contra el respaldo del banco de delante sin que yo pudiera evitarlo. Intenté agarrarlo, pero se dobló y cayó al suelo. Yo me agaché, le susurré. Carl. Carl. La gente de alrededor nos miraba y el hombre que estaba a su lado se deslizó del asiento para ayudarle a levantarse. El pastor se calló y empezó a levantarse gente para echar una mano. Llamad a una ambulancia, dijo alguien. Lo levantamos del suelo y lo tumbamos en el banco. Intenté hacerle el boca a boca, pero ya había muerto. Llegaron los de la ambulancia. ¿Quiere que lo traslademos al hospital?, me preguntaron. No, llévenlo a la funeraria. Tendremos que esperar al forense para poder moverlo. Así que esperamos al forense y al fin apareció y declaró a Carl muerto.

La ambulancia se lo llevó a la funeraria y Gene y yo los seguimos en el coche. El director de la funeraria nos dejó con él en una sala del fondo muy tranquila y formal, no la que usan para embalsamar. No quise que lo embalsamaran. Gene tampoco quería. Estaba en casa porque eran las vacaciones de verano de la universidad. De modo que nos sentamos con el cadáver de su padre. Gene no quiso tocarlo. Yo me incliné sobre su cara y lo besé. Para entonces ya estaba frío y los ojos no se le quedaban cerrados. El ambiente era inquietante y raro, muy silencioso. Gene no lo tocó en ningún momento. Salió de la sala y yo me quedé un par de horas y acerqué una silla y me incliné y le cogí la mano y pensé en los buenos ratos que habíamos compartido. Y al final me despedí de él y llamé al director y le dije que ya estábamos y que queríamos incinerarlo y organizar el funeral. Fue demasiado repentino. Yo estaba en una especie de trance. Creo que fue el shock.

Seguro. Es normal, dijo Louis.

Pero incluso ahora lo sigo viendo con total claridad y noto esa sensación de ensueño, la sensación de avanzar por un sueño y tomar decisiones que uno no sabía que tenía que tomar y decir cosas sin saber qué está diciendo.

A Gene le afectó mucho. No habló en todo el proceso. En eso se parecía a su padre. Ninguno de los dos hablaba de las cosas. Gene se quedó una semana y después volvió a la universidad y le permitieron instalarse en el apartamento antes de tiempo y ya pasó allí el resto del verano. Habría sido mejor que nos ayudáramos mutuamente, pero no fue así. Diría que yo tampoco me esforcé demasiado. Quería que se quedara conmigo, pero veía que no nos hacía bien a ninguno. Simplemente nos evitábamos y cuando intentaba hablar con él de su padre me decía: Da igual, mamá. Ya no importa. Por supuesto que importaba. Gene iba acumulando rabia y resentimiento hacia Carl, y a día de hoy diría que todavía lo lleva dentro. Es parte de lo que afecta a su relación con Jamie. Parece repetir lo que vivió con su padre.

No tiene arreglo, ¿verdad?

Se intenta. Pero no se puede.

34

Un domingo se sentaron a la mesa de la cocina con el café de la mañana. En el *Post* anunciaban la próxima temporada teatral del Centro de Artes Escénicas de Denver. Addie dijo:

¿Has visto que van a hacer el libro ese sobre el condado de Holt? El del viejo moribundo y el pastor.

Montaron los dos últimos, así que supongo que este también, dijo Louis.

¿Viste los anteriores?

Sí. Pero no me imagino a dos viejos ganaderos adoptando a una chica preñada.

Podría pasar, repuso ella. La gente te sorprende.

No sé, dijo Louis. Pero es su imaginación. Toma los detalles físicos de Holt, los nombres de las calles y el aspecto de los campos y la ubicación de las cosas, pero no es esta ciudad. Ni nadie que viva aquí. Todo es inventado. ¿Conoces a algunos hermanos viejos así? ¿La historia sucedió aquí?

Que yo sepa no. O no me he enterado.

Es todo inventado.

Podría escribir un libro sobre nosotros. ¿Te gustaría?

No quiero salir en ningún libro, dijo Louis.

Pero no somos menos creíbles que los viejos ganaderos.

Es diferente.

¿En qué?, preguntó Addie.

Bueno, somos nosotros. Para mí somos creíbles.

Al principio no te lo parecía.

No sabía qué pensar. Me sorprendiste.

¿Y ahora no estás bien?

Fue una sorpresa agradable. No digo que no. Pero todavía no entiendo de dónde sacaste la idea de proponérmelo.

Te lo dije. La soledad. Las ganas de conversar por la noche.

Es valiente. Te arriesgaste.

Sí. Pero si no hubiera funcionado no estaría peor. Salvo por la humillación del rechazo. Pero pensé que no se lo contarías a nadie, de modo que si me rechazabas solo lo sabríamos tú y yo. Ahora todo el mundo lo sabe. Desde hace meses. Ya no somos la novedad.

Ni novedad ni nada. No somos noticia, dijo Louis.

¿Quieres serlo?

No. En absoluto. Lo único que quiero es una vida sencilla y centrada en el día a día. Y venir a dormir contigo por las noches.

Bueno, pues es lo que estamos haciendo. ¿Quién nos iba a decir que a estas alturas de la vida todavía tendríamos algo así? Que resulta que no se han acabado los cambios y las emociones. Y que no estamos consumidos en alma y cuerpo.

Y ni siquiera hacemos lo que la gente cree.

¿Quieres hacerlo?, preguntó Addie.

Depende por completo de ti.

35

Hacia finales de agosto Gene condujo hasta las montañas y apareció un sábado en Holt para llevarse a su hijo a casa. Llegó a casa de su madre a última hora de la tarde y se acercó y los abrazó a los dos y luego se alejó por la calle con Jamie y la perra.

¿Bonny no te gusta?

Claro que sí.

Nunca la tocas. No le has hecho ni una caricia.

Gene se inclinó sobre la perra y le dio unas palmaditas en la cabeza y le habló con cariño y dieron la vuelta a la manzana y regresaron a casa de Addie por el callejón trasero. Cenaron y por la noche Gene durmió con Jamie y la perra en la misma cama doble del dormitorio de atrás. Louis se mantuvo alejado.

Por la mañana hicieron las maletas de Jamie, ropa, juguetes, equipo de béisbol y la comida y el bol de la perra. Después el niño dijo:

Tengo que despedirme de Louis.

Tenemos que irnos.

Será un minuto, papá. Tengo que despedirme.

No te entretengas mucho.

El niño corrió a casa de Louis, pero este no estaba. Jamie abrió la puerta y lo llamó y corrió de una habitación a otra. Volvió llorando.

Ya lo llamarás luego, dijo su padre.

No es lo mismo.

No podemos esperar. Llegaremos tarde a casa.

Addie lo abrazó fuerte y dijo:

Llámeme, ¿me oyes? Quiero saber cómo andas y qué tal va la escuela. Jamie no la soltaba. Ella se zafó poco a poco de sus brazos. Que no se te olvide llamarme.

Te llamaré, abuela.

Addie dio un beso a Gene. Y tú, ten paciencia.

Ya lo sé, mamá.

Eso espero. Tú también puedes llamarme.

Arrancaron, el niño y la perra observaron juntos desde el asiento de atrás cómo la abuela esperaba de pie en el bordillo. El niño seguía llorando. Addie se quedó hasta que el coche se perdió de vista a la vuelta de la esquina. Para entonces era de noche y Louis todavía no había llegado a casa, de modo que lo telefoneó.

¿Dónde estás? ¿No vienes?

No sabía si debía.

Todavía no lo entiendes, ¿verdad? No quiero estar sola y amargarme dándole vueltas a las cosas como tú. Quiero que vengas para poder hablar contigo.

Deja que me arregle primero.

No hace falta que te arregles.

Sí, lo prefiero. Tardo una hora.

Bueno, aquí seguiré, dijo ella. Te esperaré.

Louis se afeitó y se duchó como hacía siempre y, en la oscuridad de la noche, pasó por delante de las casas de los vecinos y se encontró a Addie sentada en el porche esperándole, Addie se levantó y se plantó en los escalones y lo besó por primera vez a la vista de cualquiera.

A veces te obcecas, dijo ella. No sé si aprenderás.

Nunca me he tenido por tonto. Pero debo de estar equivocado.

Pues en lo tocante a mí a veces lo pareces.

Sé lo que pienso de ti y lo mucho que me importas. Pero no me entra en la cabeza que pueda significar algo parecido para ti.

No pienso repetir otra vez lo mismo. Es tu problema, no el mío. Subamos.

En la cama se abrazaron a oscuras y Addie dijo:

No sé cómo irá.

¿Sigues hablando de nosotros?

Me refiero a mi hijo y mi nieto y a la madre del niño. El crío se ha ido llorando. ¿Sabes por qué?

Porque te echará de menos.

Sí, dijo Addie. Pero se ha echado a llorar porque no ha podido despedirse de ti. ¿Dónde estabas?

He salido a dar una vuelta en coche por el campo y luego he decidido acercarme a Phillips a almorzar y cuando he vuelto era tarde.

Ha pasado por tu casa para verte antes de irse. Fíjate si te aprecia.

Yo también lo aprecio.

Solo espero que Gene y su mujer lo hagan mejor. Quizá hayan aprendido algo este verano. Me preocupan.

¿Cómo era aquello que dijiste? Que no me obsesionara con las vidas ajenas.

Eso tú, no yo.

Comprendo, dijo Louis.

Ah, ya me siento mejor solo de hablar contigo.

Y mira que prácticamente no he dicho nada.

Pero ya me encuentro mejor. Gracias. Te lo agradezco. Vuelvo a sentirme afortunada.

36

Después de que Jamie se fuera intentaron hacer lo que la ciudad creía que estaban haciendo pero no hacían. Hacía tiempo que Louis había empezado a desvestirse en el dormitorio, y ahora se puso el pijama de espaldas a la cama donde Addie esperaba acostada bajo la sábana de algodón y luego se giró y, sin que él lo hubiera visto, Addie había retirado la sábana y yacía desnuda a la tenue luz de la lamparilla de noche. Louis se quedó mirándola.

No te quedes ahí plantado, dijo ella. Me pones nerviosa.

No estés nerviosa. Estás preciosa.

Tengo las caderas y la barriga demasiado gordas. Estoy vieja. Soy vieja.

Bueno, vieja Moore. Me has conquistado. Estás estupenda. Como toca estar. No tienes que parecer una cría de trece años sin pechos ni caderas.

Bueno, desde luego no lo parezco, tal vez nunca lo parecí.

Mírame a mí, dijo él. Tengo panza. Y los brazos y las piernas flacos de anciano.

A mí me gustas. Pero sigues ahí. ¿No vas a acostarte? ¿Vas a quedarte ahí plantado toda la noche?

Louis se quitó el pijama y se metió en cama y ella se le acercó y le cogió la mano y lo besó y él se giro de costado y la besó y le tocó el hombro y los pechos.

Hacía mucho tiempo que nadie me hacía esto, dijo ella.

Hacía mucho tiempo que no se lo hacía a nadie.

Volvió a besarla y a tocarla y luego ella lo atrajo y él se irguió en la cama y bajó a besarle la cara y el cuello y los hombros y se colocó encima y empezó a moverse y al poco se paró.

¿Qué pasa?

No se me pone dura. Achaques de viejo.

¿Te había pasado antes?

No. Pero hace mucho que no lo intentaba. Ha llegado la hora de la debilidad, que diría el poeta. Soy solo un viejo cabrón.

Se tumbó y se acomodó al lado de Addie a oscuras.

¿Te sientes mal?, preguntó ella.

Sí, un poco. Pero, sobre todo, siento que te he decepcionado.

No es verdad. Es la primera vez. Tenemos todo el tiempo del mundo por delante.

Tal vez tendría que probar esas pastillas que anuncian en la tele.

Oh, no creo que haga falta. Ya lo intentaremos otra noche.

37

Un día al anochecer pasearon hasta el patio de la escuela de primaria y Louis empujó a Addie en los columpios y ella subió y bajó en el aire fresco de una noche de finales de verano con los bajos del vestido revoloteándole sobre las rodillas. Después volvieron a la cama del dormitorio delantero de arriba y se tumbaron juntos y desnudos a la brisa estival que se colaba por las ventanas abiertas.

Y una vez pasaron la noche en Denver como Addie hacía en el pasado en el hotel Brown Palace, grande, viejo y bello, con su patio abierto y el vestíbulo y el pianista que tocaba toda la tarde y toda la noche. Tenían habitación en la tercera planta y podían contemplar desde la baranda el patio abierto de debajo y ver al pianista y a los clientes sentados a las mesas tomando té y cócteles y a los camareros yendo y viniendo del bar y cuando empezó a anochecer a los huéspedes entrando en el bar o el restaurante con sus manteles blancos y las copas y la cubertería relucientes. Bajaron y cenaron en el restaurante y cuando volvieron arriba Addie se puso uno de los vestidos caros que se había comprado hacía años para lucir en Denver. Después bajaron y caminaron hasta la calle Dieciséis a coger el autobús a Curtis y siguieron a pie hasta el Centro Denver y cruzaron el vestíbulo y giraron a la izquierda hacia el teatro. Una mujer los acompañó a sus localidades, el teatro era un auditorio enorme, y miraron al resto de la gente que entraba y charlaba y después empezó la obra, los hombres del escenario se pusieron a cantar con pantalones y corbata negros y camisa blanca y en parte divirtieron al público. Louis y Addie se cogieron de la mano y en el intermedio salieron al servicio. Las mujeres esperaban en una larga cola. Louis regresó a sus asientos y Addie volvió justo a tiempo para ver la segunda parte de la obra.

No digas nada, dijo ella.

No digo nada.

¿Por qué no se les ocurre que las mujeres tardamos más y necesitamos más lavabos?

Ya lo sabes.

Porque los hombres son los que diseñan las cosas, por eso.

Vieron la segunda parte y salieron a la calle potentemente iluminada ante el teatro y cogieron un taxi y regresaron al hotel.

¿Te apetece beber algo?, preguntó Louis.

Una copa.

Se dirigieron al bar y les acompañaron a una mesa y cada uno tomó una copa de vino, luego subieron en ascensor a la habitación y se desnudaron y se metieron en la inmensa cama. Apagaron la luz y dejaron solo la que se colaba de la calle por los visillos.

Qué divertido, ¿verdad?, dijo Addie.

A mí me lo parece.

Se pegó a él al instante.

No podría estar más contenta, dijo Addie. Es justo lo que quiero, y mañana quiero volver a nuestra cama.

Todo a su debido tiempo.

Bueno, ¿vas a besarme en esta enorme cama de hotel o no?

Confiaba en besarte.

Por la mañana desayunaron en el restaurante e hicieron el equipaje y el botones acercó el coche de Louis a la entrada del hotel y los ayudó a cargar las maletas. Louis le dio una propina generosa porque estaba de buen humor. Volvieron conduciendo tranquilamente por la ruta 34 hacia las grandes llanuras a través de Fort Morgan y Brush y finalmente llegaron al condado de Holt, plano y desarbolado salvo por las barreras cortavientos y los árboles que bordeaban las calles de los pueblos y rodeaban las granjas. No había nubes en el cielo ni nada en el horizonte salvo más cielo azul.

Llegaron a casa de Addie por la tarde y Louis subió las maletas al dormitorio y luego llevó el coche a casa y deshizo el equipaje. Al anochecer se fue andando a casa de Addie a pasar la noche.

38

El Día del Trabajo decidieron coger la autopista hacia el este hasta Chief Creek. El arroyo llevaba poca agua y tenía el lecho arenoso con hierbajos y en los márgenes crecían sauces y algodoncillos, el ganado había cortado la hierba a ras. Grandes álamos formaban un bosquecillo algo apartado del arroyo. Addie sacó la cesta con la comida y Louis la pala y el rastrillo del maletero para retirar el estiércol reseco de debajo de los árboles donde el ganado se había refugiado del viento.

Ya habías estado aquí, dijo Addie. Has venido preparado.

Solíamos venir cuando Holly era pequeña. Es el único lugar que conozco con un río y sombra.

Bueno, es bonito. No como las montañas, pero para el condado de Holt está bien.

Sí.

Pero ¿no nos echarán?

No creo. Es propiedad de Bill Martin. Nunca le ha molestado.

Lo conoces.

Tú también, creo.

Solo de nombre.

Tuve a sus hijos de alumnos. Unos chicos brillantes. Camorristas, pero listos. Ya se han ido todos de casa. Supongo que Bill lo lamenta. Los jóvenes no quieren quedarse en el pueblo.

Addie extendió la manta en el suelo limpio y se sentaron y comieron pollo frito y ensalada de col y palitos de zanahoria y patatas fritas y olivas y Addie cortó una porción de pastel de chocolate para cada uno. Lo acompañaron todo con té helado. Después se tumbaron en la manta y contemplaron moverse las ramas verdes del árbol que los cubrían, el viento suave retorcía y ondulaba las hojas.

Al cabo de un rato Louis se sentó y se quitó los zapatos y los calcetines y se remangó las perneras del pantalón, caminó por el suelo recalentado hasta el río y se metió en el agua fresca pisando el lecho arenoso y cogió agua con las manos y se refrescó la cara y los brazos. Addie se le unió, con el vestido de verano y descalza. Se recogió el vestido por encima de las rodillas y se metió en el agua.

Es perfecto para un día de calor. Nunca había venido. No sabía que tuviéramos algo así en el condado.

No te separes de mí, dijo Louis. Y aprenderás muchas cosas, señorita.

Louis se quitó la camisa y los pantalones y los calzoncillos y los dejó sobre la hierba y volvió al agua, se remojó y se sentó.

Está bien, dijo Addie. Si ese es el plan… Se quitó el vestido por la cabeza, se quitó la ropa interior y se agachó en el agua fría junto a él. Y me da igual si nos ven, añadió.

Se sentaron uno frente al otro y se tumbaron en el agua, ambos muy pálidos salvo por la cara, las manos y los brazos. Se sentían algo pesados, satisfechos. Notaban la corriente empujando la arena por debajo.

Al rato salieron y regresaron a la manta y se secaron con la toalla y se vistieron, echaron una siesta al calor de la tarde bajo la sombra de los árboles y volvieron a levantarse y a meter otra vez los pies en el agua para refrescarse antes de recoger la comida y regresar a Holt. Louis la dejó en su casa y Addie metió en casa la cesta del pícnic mientras él daba vuelta a la manzana y aparcaba el coche y devolvía la pala y el rastrillo al cobertizo. Cuando Louis entró en casa, el teléfono sonó casi de inmediato.

Será mejor que vengas, dijo Addie.

¿Qué pasa?

Ha venido Gene. Quiere hablar con nosotros.

Tardo un minuto.

Gene estaba sentado en el sofá del salón frente a Addie.

Dijo:

Siéntate, Louis.

Louis lo miró y cruzó la habitación y besó a Addie en la boca. Para que se viera. Luego se sentó.

¿De qué se trata?

Enseguida te lo cuento, dijo Gene. Llevo toda la tarde esperándoos.

Le he contado dónde hemos estado, dijo Addie.

No es un gran sitio.

Depende de cómo te lo tomes. Depende de con quién vayas, repuso Louis.

Por eso he venido. Quiero que se acabe.

Te refieres a que no estemos juntos, dijo Louis.

Me refiero a que no te cueles de noche para dormir en casa de mi madre.

Nadie se cuela en ningún sitio, puntualizó Addie.

Exacto. Ni siquiera os da vergüenza.

No hay razón para avergonzarse.

Gente de vuestra edad viéndose de noche…

Ha sido una delicia. Ojalá Beverly y tú lo pasarais tan bien juntos como Louis y yo.

¿Qué diría papá en mi lugar?

Ni lo mencionaría. Pero dudo que lo aprobara. Él jamás lo habría hecho, ni siquiera aunque se le hubiera ocurrido.

No. No lo aprobaría. Tenía más sentido común, una idea más clara de cuál era su lugar.

Por Dios. Tengo setenta años. Me da igual lo que piensen los demás. Y, por si te interesa, los hay que lo aprueban.

No me lo creo.

Pues no te lo creas, no importa.

A mí me importa. Llevarse a mi madre a Denver. Llevarse a mi hijo a las montañas. Y, por Dios, dormir los tres en la misma cama…

¿Cómo te has enterado?, preguntó Addie.

Da igual. Lo sé. ¿En qué coño estabais pensando?

En él, dijo Louis. Estaba asustado. Lo acostamos con nosotros para consolarlo.

Sí, y ahora llora todas las noches. Empezó aquí.

Empezó, dijo Addie, cuando lo dejaste aquí.

Sabes por qué lo dejé, mamá. Sabes que quiero a mi hijo.

Pero ¿no sabes hacerlo? ¿No sabes quererlo? Es pequeño. Es lo único que quiere.

Como papá conmigo, ¿no?

Sé que tu padre no siempre fue cariñoso.

Cariñoso. Dios mío, si no quiso saber nada más de mí después de morir Connie.

Gene se secó los ojos. Miró a Louis. Quiero que te mantengas alejado de mi madre. Que dejes a mi hijo en paz. Y que te olvides del dinero de mi madre.

Cállate, Gene, dijo Addie. No digas nada más. ¿Qué te ocurre?

Louis se levantó del sofá. Escucha, dijo, lamento que te sientas así. Jamás haría daño a tu hijo. Ni a tu madre. Pero no pienso dejarla hasta que ella me lo pida. Y te aseguro que no tengo el más mínimo interés en su dinero. Si quieres hablar conmigo, quedamos mañana.

Se inclinó y volvió a besar a Addie y se marchó.

Me avergüenzo de ti, dijo Addie. No sé ni qué decirte. Todo este asunto me pone enferma. Qué triste.

Deja de verle.

Por la noche Addie se tapó la cara con la colcha, se giró de espaldas a la ventana y lloró.

39

Después de la charla con Gene, Addie y Louis siguieron viéndose. Él iba a su casa por la noche, pero ya no era lo mismo. No sentían el mismo placer alegre ni la sensación de descubrimiento. Y poco a poco algunas noches Louis fue quedándose en su casa, noches en las que Addie leía a solas durante horas, sin querer tenerlo a su lado en la cama. Dejó de esperarlo, desnuda. Todavía se abrazaban por la noche cuando se quedaba con ella, pero más por costumbre y desolación y soledad y desánimo anticipados, como si trataran de atesorar los momentos que pasaban juntos para lo que vendría. Ahora yacían juntos en silencio y ya no hacían el amor.

Entonces llegó el día en que Addie intentó hablar por teléfono con su nieto. Oyó al niño llorar de fondo, pero el padre no le permitió hablar.

¿Por qué me haces esto?, preguntó ella.

Ya lo sabes. Si es lo que tengo que hacer lo haré.

Eres malo. Es cruel. No creí que llegaras tan lejos.

Puedes cambiarlo.

Addie telefoneó a su nieto una tarde que pensó que estaría solo en casa. Pero el niño no quiso hablar.

Se enfadarán, dijo el niño. Rompió a llorar. Me quitarán a Bonny. Me quitarán el teléfono.

Por Dios, dijo Addie. Está bien, tesoro.

Cuando Louis fue a su casa a media semana Addie lo llevó a la cocina y le sirvió una cerveza y se puso una copa de vino.

Quiero hablar. Aquí, a la luz.

Ha cambiado algo más, dijo él.

No puedo seguir, dijo ella. No puedo seguir así. Ya me imaginaba que pasaría algo así. Necesito tener trato con mi nieto, compartir algo de vida con él. Es el único que me queda. Mi hijo y su mujer apenas importan. La relación se ha roto, no creo que ni ellos ni yo lo superemos. Pero sigo queriendo a mi nieto. Este verano lo ha dejado claro.

El niño te quiere.

Lo sé. Es el único de la familia que me quiere. Me sobrevivirá. Estará a mi lado cuando muera. No quiero a los otros. No me importan. Han matado esa necesidad. No confío en Gene. No sé qué más es capaz de hacer.

O sea que quieres que me vaya.

Esta noche no. Quiero otra noche más. ¿Me la concedes?

Te tenía por la valiente de los dos.

Ya no puedo seguir siéndolo.

Puede que Jamie se enfrente a ellos y te llame por propia iniciativa.

Todavía no lo hará. No puede, tiene solo seis años. Quizá cuando tenga dieciséis. Pero no puedo esperar tanto. Podría morir esperando. No puedo perderme estos años con él.

De modo que es nuestra última noche.

Sí.

Subieron. En la cama a oscuras hablaron un poco más. Addie lloraba. Louis la abrazó y no la soltó.

Lo hemos pasado bien, dijo Louis. Para mí has sido muy importante. Te lo agradezco. Lo valoro.

No seas cínico.

No lo pretendo. Hablo sinceramente. Has sido buena para mí. ¿Qué más se puede pedir? Soy mejor persona que antes de estar contigo. Es obra tuya.

Qué amable eres. Gracias, Louis.

Se quedaron tumbados en silencio escuchando el viento de fuera. A las dos de la madrugada Louis se levantó y fue al lavabo. Cuando regresó a la cama dijo:

Sigues despierta.

No puedo dormir.

A las cuatro Louis volvió a levantarse y se vistió y metió el pijama y el cepillo de dientes en la bolsa de papel.

¿Te vas?

Me parece lo mejor.

Todavía quedan unas horas de noche.

No veo el sentido de retrasarlo.

Ella se echó otra vez a llorar.

Louis bajó y se marchó dejando atrás los árboles viejos y las casas a oscuras y raras a esas horas. El cielo seguía negro y nada se movía. No circulaban coches por la calle. Ya en su casa, se acostó mirando por la ventana del este a la espera de la primera luz del día.

40

Este otoño, mientras el tiempo acompañó, Louis se habituó a pasar de noche por delante de la casa de Addie y mirar la luz encendida del dormitorio de arriba, la lamparilla de noche que conocía y la habitación con la cama grande y el tocador de madera oscura y el lavabo al fondo del pasillo, y a rememorarlo todo del dormitorio y de las noches acostados a oscuras charlando y la intimidad. Entonces una noche vio aparecer su cara en la ventana y se detuvo, Addie no hizo ningún gesto ni dio señal alguna de verlo. Pero cuando Louis volvió a su casa ella lo llamó por teléfono.

No lo hagas más.

¿El qué?

Pasear por delante de casa. No lo soporto.

¿Así estamos? Ahora vas a decirme lo que puedo y no puedo hacer. En mi barrio.

No puedo tenerte paseando por delante ni pensar que lo haces. O preguntarme si estás. No puedo imaginarte delante de casa. Necesito aislarme físicamente de ti.

Creía que ya lo estabas.

Si te paseas por delante de casa por la noche no.

De modo que Louis no volvió a pasar de noche por delante de la casa que tan bien conocía. Pasar durante el día no importaba. Y las pocas veces que se encontraban en el colmado o por la calle, se miraban y se saludaban, pero nada más.

41

Un día soleado justo después de mediodía, cuando Addie estaba sola por el centro, resbaló en el bordillo de la calle Main y se cayó y trató de agarrarse pero no encontró asidero, y se quedó tirada en la calle hasta que unas mujeres y un par de hombres acudieron a socorrerla.

No me levanten, pidió. Me he roto algo.

La mujer arrodillada a su lado y uno de los hombres doblaron un abrigo y se lo colocaron bajo la cabeza. Esperaron con ella a que se la llevaran. En el hospital le dijeron que se había roto la cadera y Addie pidió que avisaran a Gene. Su hijo llegó el mismo día y se decidió que Addie estaría mejor en un hospital de Denver. De modo que dejó Holt en ambulancia con Gene detrás en coche.

A los tres días Louis estaba en la panadería con el grupo de hombres con el que se reunía de vez en cuando. Dorlan Becker dijo:

Supongo que estás al corriente.

¿Al corriente de qué?

De Addie Moore.

¿Qué pasa con Addie Moore?

Se ha roto la cadera. Se la han llevado a Denver.

¿Adónde exactamente?

No lo sé. A un hospital.

Louis se fue a casa y telefoneó a todos los hospitales hasta que localizó el centro donde estaba ingresada Addie y al día siguiente fue en coche a Denver y se presentó en el hospital a media tarde. En información le dieron el número de habitación y tomó el ascensor a la planta cuarta y enfiló el pasillo y encontró la habitación y se paró en el umbral. Gene y Jamie estaban sentados hablando con Addie.

Cuando ella lo vio se le llenaron los ojos de lágrimas.

¿Puedo pasar?, preguntó Louis.

No, no entres, dijo Gene. No eres bienvenido.

Gene, por favor, solo para saludarnos.

Cinco minutos, concedió Gene. Ni uno más.

Louis entró en la habitación y se detuvo a los pies de la cama y Jamie la rodeó y lo abrazó y Louis también a él.

¿Cómo está Bonny?

Ya consigue atrapar la pelota. Salta y la atrapa.

Bravo.

Vamos, dijo Gene. Nos marchamos. Mamá, cinco minutos. Nada más.

Gene y Jamie salieron de la habitación.

¿Te sientas?, dijo Addie.

Louis acercó una silla y se sentó a su lado, luego le cogió la mano y la besó.

No hagas eso, dijo Addie.

Retiró la mano.

Es solo ahora. Solo un momento. Es lo único que tenemos.

Ella lo miró a la cara.

¿Quién te ha dicho que estaba aquí?

El tipo de la panadería. Mira que terminar siéndome de ayuda… ¿Te encuentras bien?

Me pondré bien.

¿Dejarás que te ayude?

No. Por favor. Tienes que irte. No puedes quedarte. No ha cambiado nada.

Pero necesitas ayuda.

Ya he comenzado la fisioterapia.

Necesitarás ayuda en casa.

No vuelvo a casa.

¿Cómo?

Gene lo tiene todo planeado. Me instalaré en un piso tutelado.

O sea que no volverás.

No.

Mierda, Addie. Me niego a aceptarlo. Tú no eres así.

No puedo evitarlo. Tengo que seguir cerca de la familia.

Déjame ser tu familia.

¿Y cuando te mueras?

Entonces podrás irte a vivir con Gene y Jamie.

No. Tengo que hacerlo mientras todavía sea capaz de adaptarme. No puedo esperar a ser demasiado vieja. Entonces no podré cambiar o quizá ni siquiera me den opción. Tienes que irte. Y no vuelvas, por favor. Es demasiado duro.

Louis se inclinó y la besó en la boca y en los ojos y luego salió de la habitación y recorrió el pasillo hasta el ascensor. Había una mujer en el ascensor, lo miró una vez a la cara y luego apartó la vista.

Una noche Addie lo llamó desde el móvil. Estaba sentada en una silla en su piso.

¿Quieres charlar conmigo?

Siguió un silencio largo.

¿Estás ahí, Louis?

Creía que no hablaríamos nunca más.

Lo necesito. No puedo seguir así. Es peor que antes de empezar contigo.

¿Y Gene?

No tiene por qué enterarse. Podemos charlar por teléfono de noche.

Como si me colara a escondidas. Lo que él dijo. Con secretismo.

Me da igual. Me siento demasiado sola. Te echo demasiado de menos. ¿No querrás hablar conmigo?

Yo también te echo de menos.

¿Dónde estás?

¿Te refieres a en qué parte de la casa?

¿Estás en el dormitorio?

Sí, estaba leyendo. ¿Esto es sexo por teléfono?

Es solo dos viejos charlando a oscuras, dijo Addie.

Addie dijo:

¿Te pillo en buen momento?

Sí. Acabo de subir.

Bueno, estaba pensando en ti. Tenía muchas ganas de hablar contigo.

¿Te encuentras bien?

Hoy ha venido Jamie al salir del colegio y hemos dado una vuelta a la manzana. Con Bonny.

¿La llevaba con la correa?

Ya no la necesita, dijo ella. Jamie me ha contado que sus padres discuten y gritan. Le he preguntado qué hace él. Me voy a mi cuarto, me ha dicho.

Bueno. Me alegro por él de que estés ahí, dijo Louis.

¿Qué has hecho hoy?

Nada. He paleado un poco. He abierto un sendero en tu manzana.

¿Por qué?

Me apetecía. Los inquilinos de tu casa han salido a hablar conmigo. Parecen majos. Pero sigue siendo tu casa. Y la casa de Ruth sigue siendo de Ruth.

A mí me pasa lo mismo.

Bueno. Las cosas han cambiado.

Estoy en la cama, dijo Addie, en mi cuarto. ¿Ya te lo había dicho?

No. Pero lo he supuesto.

Van a estrenar la obra aquella en Denver. ¿Por qué no aprovechas las entradas y vas a verla?

No quiero ir sin ti.

Llévate a Holly.

No quiero. ¿Por qué no las aprovechas tú?

Yo tampoco quiero ir sin ti, dijo ella.

Pues un par de desconocidos ocuparán nuestras butacas. No sabrán nada de nosotros.

Ni de por qué estaban disponibles las localidades.

Y tú sigues sin querer que te llame. No quieres que sea yo quien llama.

Me da miedo que haya alguien más en la habitación. No sabría disimular.

Es como cuando empezamos. Como si empezáramos de nuevo. Tú vuelves a ser la que lleva la iniciativa. Salvo que ahora somos precavidos.

Y esta vez continuaremos, ¿no? Seguiremos charlando. Todo el tiempo que queramos. Mientras dure.

¿De qué quieres hablar hoy?

Addie miró por la ventana. Vio su reflejo en el cristal. Y la oscuridad de detrás.

¿Es una noche fría, cariño?

AGRADECIMIENTOS

El autor quisiera dar las gracias a Gary Fisketjon, Nancy Stauffer, Gabrielle Brooks, Ruthie Reisner, Carol Carson, Sue Betz, Mark Spragg, Jerry Mitchell, Laura Hendrie, Peter Carey, Rodney Jones, Peter Brown, Betsy Burton, Mark y Kathy Haruf, Sorel, Mayla, Whitney, Charlene, Chaney, Michael, Amy, Justin, Charlie, Joel, Lilly, Jennifer, Henry, Destiny, CJ, Jason, Rachel, Sam, Jessica, Ethan, Caitlin, Hannah, Fred Rasmussen, Tom Thomas, Jim Elmore, Alberta Skaggs, Greg Schwipps, Mike Rosenwald, Jim Gill, Joey Hale, Brian Coley, Troy Gorman y en especial a Cathy Haruf.

ÚLTIMOS TÍTULOS PUBLICADOS

Sudor, Alberto Alberto Fuguet
Relojes de hueso, David Mitchell
Eres Hermosa, Chuck Palahniuk
Las manos de los maestros. Ensayos selectos I, J. M. Coetzee
Las manos de los maestros. Ensayos selectos II, J. M. Coetzee
Guardar las formas, Alberto Olmos
El principio, Jérôme Ferrari
Ciudad en llamas, Garth Risk Hallberg
No derrames tus lágrimas por nadie que viva en estas calles, Patricio
    Pron
El camino estrecho al norte profundo, Richard Flanagan
El punto ciego, Javier Cercas
Roth desencadenado, Claudia Roth Pierpoint
Sin palabras, Edward St. Aubyn
Sobre el arte contemporáneo / En la Habana, César Aira
Los impunes, Richard Price
Fosa común, Javier Pastor
El hijo, Philipp Meyer
Diario del anciano averiado, Salvador Pániker
De viaje por Europa del Este, Gabriel García Márquez
Milagro en Haití, Rafael Gumucio
El primer hombre malo, Miranda July
Cocodrilo, David Vann
Todos deberíamos ser feministas, Chimamanda Gnozi Adichie
Los desposeídos, Szilárd Borbély

Telegraph Avenue, Michael Chabon
Calle de los ladrones, Mathias Énard
Los fantasmas, César Aira
Relatos reunidos, César Aira
Tierra, David Vann
Saliendo de la estación de Atocha, Ben Lerner
Diario de la caída, Michel Laub
Tercer libro de crónicas, António Lobo Antunes
La vida interior de las plantas de interior, Patricio Pron
El alcohol y la nostalgia, Mathias Énard
El cielo árido, Emiliano Monge
Momentos literarios, V. S. Naipaul
Los que sueñan el sueño dorado, Joan Didion
Noches azules, Joan Didion
Las leyes de la frontera, Javier Cercas
Joseph Anton, Salman Rushdie
El País de la Canela, William Ospina
Ursúa, William Ospina
Todos los cuentos, Gabriel García Márquez
Los versos satánicos, Salman Rushdie
Yoga para los que pasan del yoga, Geoff Dyer
Diario de un cuerpo, Daniel Pennac
La guerra perdida, Jordi Soler
Nosotros los animales, Justin Torres
Plegarias nocturnas, Santiago Gamboa
Al desnudo, Chuck Palahniuk
El congreso de literatura, César Aira
Un objeto de belleza, Steve Martin
El último testamento, James Frey
Noche de los enamorados, Félix Romeo
Un buen chico, Javier Gutiérrez
El Sunset Limited, Cormac McCarthy
Aprender a rezar en la era de la técnica, Gonçalo M. Tavares
El imperio de las mentiras, Steve Sem Sandberg
Fresy Cool, Antonio J. Rodríguez
El tiempo material, Giorgio Vasta

Luka y el Fuego de la Vida, Salman Rushdie
Yo no vengo a decir un discurso, Gabriel García Márquez
El error, César Aira
Inocente, Scott Turow
El archipiélago del insomnio, António Lobo Antunes
Un historia conmovedora, asombrosa y genial, Dave Eggers
Zeitoun, Dave Eggers
Menos que cero, Bret Easton Ellis
Suites imperiales, Bret Easton Ellis
Los buscadores de placer, Tishani Doshi
El barco, Nam Le
Cazadores, Marcelo Lillo
Algo alrededor de tu cuello, Chimamanda Ngozi Adichie
El eco de la memoria, Richard Powers
Autobiografía sin vida, Félix de Azúa
El Consejo de Palacio, Stephen Carter
La costa ciega, Carlos María Domínguez
Calle Katalin, Magda Szabó
Amor en Venecia, muerte en Benarés, Geoff Dyer
Corona de flores, Javier Calvo
Verano, J. M. Coetzee
Lausana, Antonio Soler
Snuff, Chuck Palahniuk
El club de la lucha, Chuck Palahniuk
La humillación, Philip Roth
La vida fácil, Richard Price
Los acasos, Javier Pascual
Antecedentes, Julián Rodríguez
La brújula de Noé, Anne Tyler
Yo maldigo el río del tiempo, Per Petterson
El mundo sin las personas que lo afean y lo arruinan, Patricio Pron
La ciudad feliz, Elvira Navarro
La fiesta del oso, Jordi Soler
Los monstruos, Dave Eggers
El fondo del cielo, Rodrigo Fresán
El Museo de la Inocencia, Orhan Pamuk

Milagros de vida, J. G. Ballard
Mal de escuela, Daniel Pennac
El invitado sorpresa, Gregoire Bouillier
Equivocado sobre Japón, Peter Carey
La maravillosa vida breve de Óscar Wao, Junot Díaz
Todavía no me quieres, Jonathan Lethem
Profundo mar azul, Peter Hobbs
Cultivos, Julián Rodríguez
Qué es el qué, Dave Eggers
Navegación a la vista, Gore Vidal
La excepción, Christian Jungersen
El sindicato de policía yiddish, Michael Chabon
Todos los hermosos caballos, Cormac McCarthy
Making of, Óscar Aibar
Muerte de una asesina, Rupert Thomson
Acerca de los pájaros, António Lobo Antunes
Las aventuras de Barbaverde, César Aira
Sale el espectro, Philip Roth
Juegos sagrados, Vikram Chandra
La maleta de mi padre, Orhan Pamuk
El profesor del deseo, Philip Roth
Conocimiento del infierno, António Lobo Antunes
Meridiano de sangre, Cormac McCarthy
Rant: la vida de un asesino, Chuck Palahniuk
Diario de un mal año, J. M. Coetzee
Hecho en México, Lolita Bosch
Europa Central, William Vollmann
La carretera, Cormac McCarthy
La solución final, Michael Chabon
Medio sol amarillo, Chimamanda Ngozi Adichie
La máquina de Joseph Walser, Gonçalo M. Tavares
Hablemos de langostas, David Foster Wallace
El castillo blanco, Orhan Pamuk
Cuentos de Firozsha Baag, Rohinton Mistry
Ayer no te vi en Babilonia, António Lobo Antunes
Ahora es el momento, Tom Spanbauer

Error humano, Chuck Pahniuk
Mi vida de farsante, Peter Carey
Yo he de amar una piedra, António Lobo Antunes
Port Mungo, Patrick McGrath
Jóvenes hombres lobo, Michael Chabon
La puerta, Magda Szabó
Memoria de mis putas tristes, Gabriel García Márquez
Segundo libro de crónicas, António Lobo Antunes
Drop city, T. C. Boyle
La casa de papel, Carlos María Domínguez
Esperando a los bárbaros, J. M. Coetzee
El maestro de Petersburgo, J. M. Coetzee
Diario. Una novela, Chuck Palahniuk
Las noches de Flores, César Aira
Foe, J. M. Coetzee
Miguel Street, V. S. Naipaul
Suttree, Cormac McCarthy
Buenas tardes a las cosas de aquí abajo, António Lobo Antunes
Elizabeth Costello, J. M. Coetzee
Ahora sabréis lo que es correr, Dave Eggers
Mi vida en rose, David Sedaris
El dictador y la hamaca, Daniel Pennac
Jardines de Kensington, Rodrigo Fresán
Canto castrato, César Aira
En medio de ninguna parte, J. M. Coetzee
El dios reflectante, Javier Calvo
Nana, Chuck Palahniuk
Asuntos de familia, Rohinton Mistry
La broma infinita, David Foster Wallace
Juventud, J. M. Coetzee
La edad de hierro, J. M. Coetzee
La velocidad de las cosas, Rodrigo Fresán
Vivir para contarla, Gabriel García Márquez
Los juegos feroces, Francisco Casavella
El mago, César Aira
Las asombrosas aventuras de Kavalier y Clay, Michael Chabon

Cíclopes, David Sedaris

Pastoralia, George Saunders

Asfixia, Chuck Palahniuk

Cumpleaños, César Aira

Huérfanos de Brooklyn, Jonathan Lethem

Algo supuestamente divertido que nunca volveré a hacer, David Foster Wallace

Entrevistas breves con hombres repulsivos, David Foster Wallace

Risas enlatadas, Javier Calvo

Locura, Patrick McGrath

Las vidas de los animales, J. M. Coetzee

Los frutos de la pasión, Daniel Pennac

El señor Malaussène, Daniel Pennac

Infancia, J. M. Coetzee

Desgracia, J. M. Coetzee

La pequeña vendedora de prosa, Daniel Pennac

La niña del pelo raro, David Foster Wallace

El hada carabina, Daniel Pennac

La felicidad de los ogros, Daniel Pennac

Un viaje muy largo, Rohinton Mistry

Páginas de vuelta, Santiago Gamboa

Cómo me hice monja, César Aira

Un perfecto equilibrio, Rohinton Mistry

Ema, la cautiva, César Aira

Perder es cuestión de método, Santiago Gamboa

Los boys, Junot Díaz

Noticia de un secuestro, Gabriel García Márquez

Ojos de perro azul, Gabriel García Márquez

La mala hora, Gabriel García Márquez

Doce cuentos peregrinos, Gabriel García Márquez

Los funerales de la Mamá Grande, Gabriel García Márquez

El coronel no tiene quien le escriba, Gabriel García Márquez

Cien años de soledad, Gabriel García Márquez

El otoño del patriarca, Gabriel García Márquez

Crónica de una muerte anunciada, Gabriel García Márquez

Relato de un náufrago, Gabriel García Márquez